C000109196

www.tredition.de

Stefan C. Pachlina

Braunington und Millstone

Der Fall Dawson Hall

© 2020 Stefan C. Pachlina

Umschlaggestaltung: Stefan C. Pachlina
Lektorat: Dorrit Blettinger

Verlag & Druck: tredition GmbH, Halenreie 40-44, 22359
Hamburg

ISBN
Paperback: 978-3-7497-8762-3
Hardcover: 978-3-7497-8763-0
e-Book: 978-3-7497-8764-7

Das Werk, einschließlich seiner Teile, ist urheberrechtlich ge-
schützt. Jede Verwertung ist ohne Zustimmung des Verlages
und des Autors unzulässig. Dies gilt insbesondere für die elekt-
ronische oder sonstige Vervielfältigung, Übersetzung, Verbrei-
tung und öffentliche Zugänglichmachung.

Inhaltsverzeichnis

Kapitel 1 - Am Tatort

Dawson Hall, der Landsitz der Familie Dawson in Oddington, unweit von Oxford. Das Landgut erstreckt sich gedehnt über die fruchtbare, immer grün zu scheinende Ebene. Ein Bach fließt beruhigt von Nord nach Süd durch die wohl gepflegte Gartenanlage und versorgt das südöstlich liegende Moor, welches sich hinter einem kleinen verträumten See entfaltet und für artenreiche Pflanzen- sowie Tierwelt sorgt. Ein Platz voller Ruhe und Besinnung im Rauschen des alten Baumbestandes, der sich in weit gestreckten Gärten schattenspendend behauptet. Das Moor lädt ein zu verweilen, gedankenlos zu schlendern, wohl achtend auf den Weg, der durch die gefährlichen Teile des todbringenden Morasts führt.

Erbaut wurde das imposante Herrenhaus 1835, das sich drei beachtliche Etagen emporstreckt. Der westlich liegende Haupteingang, erreichbar über eine ausladend geschwungene Treppe aus Marmorgestein, liegt wesentlich höher, als der östliche Teil des Hauses aufgrund einer Verwerfung des Erdreiches. Folglich muss man nach dem Betreten durch den Hauptzugang, ein Geschoss tiefer, um das Anwesen in Richtung des dahinterliegenden Gartens wieder verlassen zu können.

In der unteren Etage befinden sich die Räumlichkeiten der Bediensteten, ein Nähzimmer, Arbeitszimmer, ein geräumiger Vorratsraum sowie die Küche. Gut durchdacht, verfügt die Küche über einen eigenen Abgang in den Keller, wo edle Tropfen in der Dunkelheit schlummernd darauf warten, den vollen Geschmack zu entfalten und als Gaumenfreude das Herz des guten Geschmacks zu erfreuen. Weitere Vorratsräumlichkeiten wurden geschickt platziert, um der häuslichen Versorgung dienlich zu sein.

Das Erdgeschoss setzt sich aus einer eindrucksvollen, reichlich mit Marmor bestückten Eingangshalle, einer umfangreichen Bibliothek, dem Schreibzimmer, Salon, Wohnbereich, Musikzimmer und Empfangsraum zusammen. In der oberen Etage verbergen sich die Privaträume der Herrschaften, überdies einige Gästezimmer.

Der Name Dawson steht in direkter Verbindung mit beachtlichem Reichtum, hohem politischem Einfluss, geregeltem Tagesablauf, sowie elegantem Erscheinungsbild. Die Vorfahren von Sir Anthony Dawson hatten ein enormes Vermögen durch den Abbau von Gold und Silber angehäuft und sich dadurch einen Platz in der Welt des Adels gesichert.

Das sonst so harmonisch wirkende Anwesen sollte am Morgen des 20. April 1920 durch einen Vorfall aus der Bahn gerückt werden, Scotland Yard ermittelte bereits Vorort in vollem Tatendrang.

»Wer hat die Leiche gefunden?«

»Das war dann wohl das Dienstmädchen, Sir!«

Detective Inspector Braunington runzelte die Stirn, drehte sich langsam, den Kopf nickend, mit einseitig hochgezogenem Mundwinkel zu Detective Constable Ashford und meinte mit gedämpfter Stimme, einem Räusperer folgend: »Ich nehme an, sie verweilt weinend in einem der vielen Zimmer und hat mittlerweile sämtliche Taschentücher der spärlich angesiedelten Nachbarschaft beschlagnahmt, kurz vor einem Nervenzusammenbruch stehend. Das ist ja sehr erfreulich, vermutlich bringt sie kein Wort aus sich heraus neben dem Schluchzen und dem einladenden Geräusch der triefenden Nase, tränenüberströmt. Es wäre doch hin und wieder eine erquickende Abwechslung, wenn der Gärtner oder der Stallbursche die Leiche findet. Es scheint wohl ein ungeschriebenes

Gesetz zu geben, dass in solchen Fällen die zerbrechliche Weiblichkeit den Vorzug hält. Wenigstens ist heute Dienstag und nicht Sonntag, sonst wäre dieser Umstand auch noch eine bitterliche Draufgabe.«

»In der Tat Sir, übrigens, sie wartet im Musikzimmer, hier entlang, allerdings muss ich Sie darauf aufmerksam machen, dass ...«

»Schon gut!«, warf Inspector Braunington dem Constable an den Kopf und schritt schnaufend in das erwähnte Musikzimmer, um sich der verheulten Stimme des Dienstmädchens zu stellen. Eben noch trat er voll entschlossen zur Befragung in den Raum, als er feststellen musste, dass es sich das Dienstmädchen zu seiner Überraschung auf dem üppigen, rotbraunen Chesterfield Sofa gemütlich gemacht hatte, im Daily Mirror blätterte und keineswegs zerbrechlich wirkte, wie voreilig, wenn doch durch langjährige Erfahrung geprägt, vom Inspector angenommen, sondern ruhig und ungewöhnlich gefasst. Ihr langes, brünettes Haar war zu einem gekonnt, aufwendig geflochtenen, hochgesteckten Zopf gebunden. Der blasse Teint sprach für den Vorfall, hingegen nicht ihr Gehabe, dahingehend schloss der Inspector daraus, dass sie die meiste Zeit im Haus verbrachte, obschon die Jahreszeit nicht viel Sonne versprach. Das, wie an ihren Körper gegossene, hochwertig, sanft gemusterte Kleid, für ein Dienstmädchen undenkbar, spiegelte körperbetont, dass es sich hier um eine sehr auf Ordnung und Aussehen achtende Person handelt. Beim zweiten Blick stellte er fest, dass aus der schmucken Frisur keine einzige Haarsträhne ragte, jedes Haar war präzise an seinem Platz.

Dieses Verhalten, sowie das Erscheinungsbild ließ den Inspector für einen kurzen Moment verharren. Er kaschierte seine Verblüffung gekonnt mit rasch inszeniertem Desinteresse an der vor ihm sitzenden Person und schweifte begutachtend im Musikzimmer umher, legte seine Melone auf eine Kommode, überlegte noch kurz, bis er abschließend einen prüfenden Blick aus dem Fenster warf, sich mit beiden Händen entspannt am schmucken Gehstock stützte und sich bedacht an die gefasste Bedienstete wandte: »Mein Name ist Detective Inspector ...«

»... Braunington! – Ich habe es durch die geschlossene Zimmertür vernommen, als sie lautstark das Gebäude betraten.«, konterte die beherrschte, jung wirkende Frau, ohne jegliche Scheue und warf ihren Blick sofort auf die rubinroten Schuhe, welche in optischer Konkurrenz zum schwarzen Nadelstreifanzug standen, andererseits perfekt zum dunkelrot, metallisch schimmernden Gehstock passten. Die Schuhe vermochten zwar ganze Geschichtsbücher mit Erzählungen von Tatorten füllen, so wirkten sie mitunter doch etwas unpassend und auffällig aber elegant. Während sie die Zeitung parallel zur Tischkante auf die hochwertig, glänzende Mahagoni Tischplatte auslegte und ihren Blick langsam vom prägenden Schuhwerk wieder in das sonst angespannte, nun hingegen ein wenig verblüffte Gesicht des Inspectors richtete, wirkte sein Erscheinungsbild ungewöhnlich auf sie, eine Idee zu elegant für einen Inspector des Yard. Eine goldene Kette hing locker in der Bauchgegend und schmückte die zum Sakko farblich abgestimmte Weste, passend zur Kragennadel des strahlend weißen Hemds.

»Sie wirken überaus gefasst, ich möchte sagen unberührt von dem Vorfall.«, stutzte der Inspector, ging auf das Verhalten in diesem Moment jedoch nicht weiter ein, da auch ein möglicher Schock diesen Zustand hervorgerufen haben könnte, und fuhr fort: »Fangen wir dennoch von vorne an, Ihr Name lautet?«

»Miss Dolores Bryne.«

»Wie ich hörte, haben Sie die Leiche gefunden?«

»Allerdings.«

»Seit wann befinden Sie sich im Dienste der Dawsons?«

»Das wären, lassen Sie mich kurz überlegen, beinahe sieben Jahre, mit Ende Juni sind es genau sieben Jahre.«

»Sie sind hier in welcher Position beschäftigt?«

»Als Haushälterin, obwohl ich ursprünglich als Gouvernante eingestellt wurde, müssen Sie wissen.«

»Tatsächlich? Wie ist das zu verstehen?« Erkundigte sich der Inspector mit hinterfragendem Ton, einen strengen Blick in Richtung Tür werfend, wo Constable Ashford seinen Posten bezog, dabei leise von sich gab: »Dienstmädchen, pah!«

Der Inspector fuhr fort: »Es hat nicht den Anschein, als würden an diesem Ort Kinder verweilen, sollte ich mich hierbei etwa irren?«

»Nein, da liegen Sie schon richtig, ich begleitete den Jungen Edward Dawson in seinen letzten Ausbildungsjahren und vermittelte ihm mein Wissen. Das ist aber bereits etliche Zeit her.«

Daraufhin verstummte Miss Bryne, ihr angespannter Blick durchbohrte den Inspector für wenige Sekunden. Die eben noch vor Stärke und Haltung protzende Haushälterin versank für einen kurzen Moment in Gedanken und wirkte abwesend, bis sie sich ruckartig wieder dem Inspector zuwandte und die Situation zu meistern versuchte: »Sie haben doch sicher noch weitere Fragen Inspector?«.

»Sie werden mir verzeihen Miss Bryne, mir scheint als möchten Sie mir etwas mitteilen?«

Miss Bryne erhob sich in diesem Moment, stolzierte langsamen Schrittes zum Fenster, blickte in die Ferne und erklärte mit gedämpfter Stimme: »Sie haben natürlich recht, es wäre hinsichtlich des Vorfalles töricht von mir, es Ihnen zu verheimlichen, verstehen Sie mich nicht falsch, er verstarb, Edward Dawson starb vor drei

Jahren bei einem Unfall, es hat uns alle sehr tief getroffen, müssen Sie wissen. Wir sprechen selten darüber. Er war so ein lebensfroher Sonnenschein, er … aber das ist anhand der aktuellen Vorkommnisse nun von geringer Wichtigkeit, nicht wahr?«

Der Inspector hakte sofort nach: »Wichtig oder unwichtig wird sich herausstellen. Was mich jedoch verwirrt, Sie blieben nach dem Vorfall dennoch im Dienste der Dawsons?«

»Ich muss gestehen, dass dies als recht unüblich erscheinen mag, hingegen konnte ich auf diesem Weg der Herrschaft, besonders Lady Dawson Halt geben, in einer sehr schwierigen Zeit.«, erwiderte die nun wieder voller Fassung strotzende Miss Bryne und argumentierte weiter: »Der Posten einer Haushälterin stand zur Diskussion, so nahm ich an und blieb.«

»Wie auch immer, wenden wir uns nun den jüngsten Ereignissen zu Miss Bryne. Erzählen Sie mir vom Fund des Verstorbenen, was ist vorgefallen?«

»Ich richtete wie jeden Tag um Viertel vor sechs Uhr das von der Köchin zubereitete Frühstück für die Herrschaft im Salon. Der gnädige Herr wünschte sein Frühstück exakt fünf Minuten vor sieben Uhr vorzufinden, diesbezüglich gestattete er keine Unpässlichkeit. Als er unüblicher Weise fünfzehn Minuten nach sieben Uhr immer noch abwesend war, ging ich empor zu den Schlafräumen der Herrschaft, klopfte und erkundigte mich durch die Tür, ob alles in Ordnung sei – allerdings kam keine Antwort. Nachdem ich es einige Male probiert hatte, öffnete ich vorsichtig die Tür, fand zu meinem Erstaunen aber niemanden vor. Ich wunderte mich noch, da das Bett unberührt schien. Ich erinnerte mich, dass Sir Dawson zuletzt in der Bibliothek, im dahinterliegenden Schreibzimmer verweilte, als ich mich am Tag zuvor zurückzog. Dahingehend versuchte ich, ihn dort ausfindig zu machen. Ich betrat die Bibliothek, öffnete die Tür zum Schreibzimmer und fand den Herrn mit dem Kopf samt Oberkörper und leicht angewinkelten Armen auf dem Schreibtisch liegend, regungslos vor.«

Inspector Braunington schritt im Zimmer auf und ab, dabei leise murmelnd, sein Blick immerzu auf die gefasste Miss Bryne gerichtet, welche die Geschichte des Leichenfunds mit derartig geringer Emotion darlegte, als würde sie das Auffinden von leblosen Körpern im finstersten Moor ihr Hobby nennen. Weder eine unruhige Stimme, noch zittrige Hände waren wahrzunehmen. Sie saß da, berichtete monoton vom Fund der Leiche, gleichzusetzen mit einem Vortrag über das Veredeln von Obstbäumen.

»Konnten Sie darüber hinaus Weiteres beobachten, ist Ihnen im Schreibzimmer etwas ins Auge gestochen?«

»Nein, nichts! Alles war an seinem Platz, keine bemerkenswerten Ungewöhnlichkeiten, die mir zumindest in der kurzen Zeit auffielen.«

»Was passierte anschließend? Sie haben die Leiche entdeckt und dann? War Ihnen denn sofort klar, dass Sir Dawson verstorben war?«

»Die Position des Körpers verriet mir, dass es sich hier nicht um einen erschöpften, im Schlaf befindlichen Menschen handelt, Inspector. Ich entfernte mich daraufhin aus dem Schreibzimmer und meldete den Vorfall unverzüglich. Ein Constable der örtlichen Polizei fährt täglich gegen neun Uhr vormittags auf einem Fahrrad am Tor vorbei, diesen passte ich ab und … den Rest kennen Sie.«

»Nicht gänzlich, Sie gingen zurück ins Haus?«

»In der Tat, ich informierte die anwesenden Bediensteten über den Vorfall und begann mit meiner Tätigkeit.«

»Gewiss, die Arbeit darf natürlich in keiner Weise vernachlässigt werden, egal was auch passieren mag. Kommen wir nun zu Lady Dawson, ich meine vernommen zu haben, sie sei gegenwärtig nicht im Hause?«

»Da liegen Sie richtig, sie kehrt erst in zwei Tagen zurück, sie verweilt in London.«

»Wann ist sie abgereist?«

»Das war gestern, gegen neun Uhr vormittags.«

»Also am Montag gegen neun Uhr reiste sie ab, hm, Sie haben die Nacht in Dawson Hall auf ihrem Zimmer verbracht?«

»Ja, ich zog mich gegen elf Uhr abends zurück, verließ meine Räumlichkeit heute um fünf Uhr morgens, um in der Küche nach dem Rechten zu sehen.«

»Kamen Sie dabei an der Bibliothek vorbei? Konnten Sie erkennen, ob die Tür zum Schreibzimmer geschlossen oder offen war?«

»Die Tür war zu, das konnte ich sehen, Sir Dawson hatte sie vermutlich geschlossen.«

»Noch eine Frage: Wenn nun der Constable nicht am Tor vorbeigefahren wäre, was hätten Sie als Nächstes getan?«

»In der Nähe ist eine Telefonzelle, diese hätte ich genutzt, um die Polizei zu verständigen.«

»Es befindet sich doch mit Sicherheit ein Telefonapparat im Haus, wieso nutzten Sie diesen nicht?«

»Der Weg vom Tor zur Telefonzelle ist kürzer, als zurück ins Haus, dahingehend wählte ich diese Vorgehensweise.«

Zögernd beschloss der Inspector, das Gespräch vorerst zu beenden: »Für das Erste reicht mir das, ich werde nochmals auf Sie zukommen. Constable Ashford wird Ihre Personaldaten aufnehmen, verweilen Sie somit noch einen Moment hier, er wird sich sofort zu Ihnen begeben.«

»Constable, nehmen Sie die Personaldaten von der Haushälterin Miss Dolores Bryne auf!«, warf Inspector Braunington dem Constable an den Kopf, welcher überstürzt, mit gesenktem Kopf zur Tat schritt, nach dem Patzer des angenommenen Dienstgrades von Miss Bryne.

»Inspector! Würden Sie mir bitte folgen! Sie können den Tatort nun wieder besichtigen.«, ertönte eine etwas schrille Männerstimme am Flur.

»Ah! Sie sind mit Ihrer Tätigkeit also fertig? – Das trifft sich hervorragend, ich wollte mir schon eine Tasse Tee gönnen, wie gut, dass dies nun nicht notwendig war.«, erwiderte der Inspector launisch.

»Was können Sie mir vorab mitteilen … wie lautet noch mal ihr Name?«

»Cown, Sir, Harold Cown.«

»Ach ja, … nun gut Cown, legen Sie los, was können Sie mir bereits berichten?«

Harold Cown, ein Ermittler welcher den Tatort penibel nach Spuren untersucht – ein kleiner, schlanker, etwas kümmerlicher Mann um die 50, der sich mit voller Hingabe seinem Beruf widmet. Kleinigkeiten, welche unerkannt bleiben möchten, förderte er bereits des Öfteren, mit viel Geschick ans Tageslicht und brachte so Details von enormer Wichtigkeit hervor. Erst seit Kurzem wurde er dem Ermittlungsbereich von Inspector Braunington zugeordnet, da sein bisheriger Spurensucher nach schwerer Krankheit verschied.

»Der Tote ist Sir Anthony Dawson, unverkennbar identifiziert anhand der Narbe an der linken Wange, obschon dies bei dem Bekanntheitsgrad des Verstorbenen wohl eher nebensächlich ist, es sollte allerdings erwähnt sein. Er verstarb hier in diesem Raum. Keine Frage, er wurde nach seinem Tod nicht bewegt, das steht fest. Die am Boden liegenden Unterlagen dürfte der Tote selbst vom Tisch gefegt haben, in der Folge eines anhaltenden Krampfes vermute ich. Alles deutet darauf hin, dass kein Kampf stattgefunden hat, dazu gibt es keine Spuren, weder am Teppich, noch sonst wo in diesem Raum.

Inspector Braunington lauschte den Worten geduldig, wobei ihn eine Sache brennend interessierte und er die Frage danach unverzüglich ertönen ließ: »Was mag die Todesursache sein!? Wo ist eigentlich der Doktor?«

»Hier ist wohl eher die Medizin gefragt Sir, Dr. Cohl ist bereits auf dem Weg, so jedenfalls die Worte von Constable Ashford. Da es keine erkennbaren Verletzungen zu sehen gibt, weder am Kopf durch einen Schlag noch am Körper durch ein Geschoss oder eine Stichwaffe, würde ich gerade aus in den Raum werfen: Vergiftet, womöglich durch ein cyanidhaltiges Gift.«

»Sie tippen also auch auf Blausäure?«

»Richtig Sir, zu erkennen an der hellroten Färbung der Haut, sehen Sie?«

»Ich habe mir dasselbe gedacht als ich die Leiche vorhin betrachtete, die bläulich gefärbten Lippen sprechen Bände, allerdings ist hierzu das Wort des Mediziners durchaus gewichtiger als unser Verdacht, denn ich habe schon einige Blausäurevergiftungen gesehen, aber diese hier ist schon etwas Besonderes.«

»Da gebe ich Ihnen vollkommen recht Inspector – ich fahre fort: Interessant ist, es gibt keinerlei Hinweise, wie die Vergiftung einhergegangen sein könnte. Kein Getränk, kein Tee, obwohl dies alleine schon sehr unüblich ist, aber auch keinerlei Geschirr einer verzehrten Mahlzeit noch Tabak sind in diesem beinahe sterilen Raum vorzufinden.«

Der Inspector fügte eine Bemerkung hinzu: »Haben Sie die Haushälterin gesehen? Wenn ja, dann würde Ihnen daran nichts ungewöhnlich erscheinen, denn sie ist sehr ordentlich und wird möglicherweise vor dem Vorfall das Zimmer gründlich gesäubert haben. Angesichts der Tatsache, dass ich bis jetzt nur makellose Ecken in diesem Haus vorgefunden habe, liegt nahe, dass darauf peinlichst Wert gelegt wird. Es könnte aber auch sein, dass Miss Bryne im Vorfeld dafür gesorgt hat, dass es keine Spuren zu finden gibt.«

»Dies ist natürlich eine Möglichkeit Inspector. Weiteres erstaunt mich der Fakt, hier greife ich wieder in das Thema Gerichtsmedizin vor: Es muss eine enorme Dosis gewesen sein, welche zum Tod führte, die Merkmale am Leichnam sind dahingehend zeichnend, wenn ich das so sagen darf. So stellt sich folgend die Frage, Selbstmord durch eine Blausäurepille?«

»Sie haben recht Cown, da ist schon was dran, aber warten wir doch die Beurteilung durch Dr. Cohl ab, ich werde mich später noch einmal mit der Haushälterin diesbezüglich unterhalten. Vorhin war ich ziemlich irritiert von ihrer Gelassenheit. Übrigens, Sie waren heute vor mir am Tatort, die beiden Fenster standen bereits offen?«

»Ja, standen offen, zumindest als wir am Tatort eintrafen, ich möchte jedoch anmerken, dass dies höchst eigenartig ist. Auf der Fensterbank sind keinerlei Spuren zu finden.«

»Spuren? Von einem möglichen Täter meinen Sie?«

»Ich spreche davon Sir, dass es in der Nacht stark geregnet hat. Hier sollten mindestens einige Spuren des Regens sichtbar sein, wobei es für einen älteren Herrn wie Sir Dawson ungewöhnlich wirkt, in der Nacht beide Fenster zu öffnen.«

»Das ist interessant, etwas wackelig, aber interessant. Soweit mir bekannt, erfreute er sich nicht gerade bester Gesundheit und Tabak zu rauchen verweigerte er auch. Was haben wir noch? Mal sehen, die Kerze am Schreibtisch, beinahe komplett heruntergebrannt – nun ja, als Folge des Todes, er wird wohl keine Zeit mehr gehabt haben diese auszumachen, aber wer hat sie dann ausgemacht?«

»Sie denken, die Kerze hat gebrannt Inspector?«

»So wie die Kerze heruntergebrannt ist, wäre diese mit Sicherheit schon ausgetauscht worden. Sehen Sie sich die anderen Kerzen an, keine davon gleicht dieser und es stehen hier eine Menge. Ich bin davon überzeugt, wenn ich den Docht von einer in diesem Raum befindlichen Kerze gänzlich abschneide, wird diese spätestens morgen ersetzt sein. Darüber hinaus gäbe es eine disziplinar angeordnete Dochtkontrolle aller Kerzen auf Dawson Hall. Wir rekonstruieren den Vorgang des Leichenfundes: Die Haushälterin betritt das Zimmer, findet den Toten am Schreibtisch, das blaurot gefärbte, tote Gesicht blickt mit weit aufgerissenen Augen in Richtung Kommode. Was passierte dann? Sie … Sie hat …»

Der Inspector hielt ein, schritt im Zimmer auf und ab, wendete seinen Blick zum Fenster, kratzte sich am Kopf und murmelte fragend:

»Hat die Haushälterin etwa die Fenster geöffnet? Wieso hat sie es nicht erwähnt? Wenn sie es getan hat und der Tod trat tatsächlich wegen einer hohen Blausäurevergiftung ein, dann hätte sie doch den prägenden Geruch wahrnehmen und anhand dessen sprungartig die Fenster öffnen müssen oder gar den Raum meiden.«

»Angeblich nimmt nicht jeder Mensch den charakteristischen Geruch von bitteren Mandeln wahr Inspector, welcher durch Blausäure verbreitet wird.«

»Davon habe ich in einer Studie gelesen, nur warum wurden dann die Fenster geöffnet? Allerdings wäre sie dabei auch in Gefahr gewesen – zumindest müsste ihr nun erheblich übel sein. Aber womöglich wurde das Gift eingenommen, aber wie? Mit einer Pille? Wobei sich hier die Frage der Dosis erneut stellt. Hat sie die Kerze ausgeblasen? … und wo verdammt ist Dr. Cohl?«

»Constable Ashford meinte vorhin, dass …«

»Das hatten Sie bereits erwähnt. Wie auch immer, dies bedarf noch genaueren Analysen, sind sie hier fertig Cown?«

»Ja, ich werde dann wohl zusammenpacken und mit dem Bericht beginnen, ich möchte Sie nun nicht weiter von den Befragungen aufhalten.«

»Tun Sie das, und Cown, achten Sie in diesem Fall besonders auf jegliche Details! Bedenken Sie, wer das Opfer ist!«

Von der für Cown unangebrachten Aussage ›auf Details zu achten‹, erwiderte er etwas entrüstet: »Das ist wohl selbstredend Sir, nicht wahr? Übrigens, es war Mord, mehr dazu erfahren Sie Morgen in dem Bericht.«

Eilig verließ Harold Cown den Tatort, warf zuvor Inspector Braunington noch einen angeschwärzten Blick zu, welcher sich erneut den Tatort genauer ansah, besonders die Fenster und den Schreibtisch. Eigenartig erschien der Standort des Schreibtisches, so stand dieser mit dem Rücken zum Fenster, andererseits hatte man auf diese Weise immer die Tür im Blickfeld, welche von der Bibliothek in das Schreibzimmer führte. Als der Inspector genau den Fußboden unter die Lupe nahm, erkannte er, dass der Schreibtisch für lange Zeit andersrum im Raum stand, näher am Fenster.

Abnutzungen am Boden zeigten, dass der Stuhl mit dem Rücken zur Tür stand.

»Constable! Kommen Sie in das Schreibzimmer!«, brüllte Inspector Braunington durch das Parterre.

»Constable, Sie haben die Daten von Miss Bryne aufgenommen?«

»Ja Sir, Stanley Road 7, Oxford – sie besitzt ein Haus, sie hat es allerdings vermietet an eine gewisse Elster Canning, eine entfernte Bekannte, erwähnte sie.«

»Oxford? Natürlich, eine Haushälterin besitzt ein Haus in Oxford … warum denn auch nicht. Wie kann sie sich das nur leisten? Womöglich geerbt, ist noch zu klären, somit wohnt die Haushälterin mit einer weiteren Person in ihrem Haus.«

»Nein Sir, sie wohnt hier, in Dawson Hall, wobei, alle Bediensteten wohnen hier. Nicht nur während der Arbeitstage, sondern auch an den freien Tagen – so jedenfalls die Worte von Miss Bryne.«

»Die Herrschaft hat die Bienen wohl gerne im Stock. Hat sich Miss Bryne noch zu etwas geäußert, oder absonderlich verhalten?«

»Seltsam ist sie, ja, aber sonst ist kein Wort erwähnt worden, zumindest fiel kein weiteres über den Vorfall hier.«

»Sagten Sie entfernte Bekannte? Ich kenne entfernte Verwandte, aber entfernte Bekannte? Eine bizarre Formulierung möchte ich behaupten, hat vielleicht nichts zu bedeuten. Waren das auch ihre exakten Worte? Eine entfernte Bekannte?«

»Ja Sir, sie sagte entfernte Bekannte, ganz sicher Sir.«

»Ist gut Constable, die Situation ist für die Beteiligten außergewöhnlich, dahingehend tritt mitunter das ein oder andere ungewöhnliche Verhalten ans Tageslicht, dies ist vom verräterischen

Dasein des oder der Schuldigen zu sortieren, Sie verstehen? Haben wir noch Bedienstete, Zeugen, ...?«

»Ja Sir, da wären noch die Dienstmädchen ...« Inspector Braunington hob seinen Kopf etwas nach hinten, blickte mit angespanntem Blick auf Ashford, eine Augenbraue hochgezogen und krächzte ermahnend: »Dienstmädchen? Diesmal ganz sicher?« Doch der Constable fuhr unbeirrt fort:» ... die Köchin und der Gä...«

»... aaah, die Köchin! Natürlich, ich finde sie aller Voraussicht nach in der Küche, wo sonst!«

»Ja Sir, vor bis zur Treppe, dann runter und ...«

»Danke Constable, ich werde einfach dem wohlriechenden Duft folgen.«

Am Weg in die Küche fielen dem Inspector einige Gemälde auf, sie zeigten Porträts wohl gekleideter Damen und Herren, vermutlich Vorfahren der Dawsons in imposanten Bilderrahmen gefasst. Gewisse Gesichtszüge ließen darauf schließen, zumindest bei den Männern, dass es sich um Dawsons handelte. In strenger Kleidung, zugeknöpft bis zum Kinn, mit und ohne wuchtigem Mühlsteinkragen wurden die Ahnen vergangener Tage auf Leinen verewigt, umgeben von kunstvoll geschnitzten Holzrahmen. Strenge, lang gezogene Gesichter starrten auf den Inspector herab, ließen ihn dabei nicht aus den Augen. Etwas nachdenklich schritt er in Richtung Küche voran und stellte sich die Frage, ob bei der damaligen Polizei ebenso diese schrecklichen Halskrausen getragen wurden? Kurz darauf sah er auch schon in seiner Fantasie Harold Cown, welcher mit weitem Kragengeflecht am Boden kriechend nach Spuren suchte und den Staub, so manchen Tatortes, vor sich herschob. Schmunzelnd trippelte er weiter in Richtung Küche.

Kapitel 2 - In der Küche

Kleine Wachsfiguren waren unübersehbar im Haus verteilt, welche allesamt als Kerzen, hinsichtlich ihrer eigentlichen Nutzeigenschaft noch unversehrt, wohl vielmehr als Dekoration dienten. Es mag das ein oder andere Stück dabei gewesen sein, welches man als kunstvoll bezeichnen mag, in Summe betrachtet, mochte man dann doch eher das Gegenteil behaupten. Der imposante Empfangsbereich konnte den Hall eines laut gesprochenen Wortes, auch wenn dieser mit schweren Möbelstücken bestückt war, nicht unterdrücken. Dadurch hatte vermutlich sogar die Köchin im Untergeschoss das Erscheinen des Inspectors vernommen, dessen zeitweilig übermäßig lautes Organ bereits so manch schwaches Gemüt erschaudern ließ.

Inspector Braunington traf in der Küche ein und erspähte eine gedrungene, pummelige Frau fortgeschrittenen Alters, die ihrer Figur trotzend, wie ein Wiesel leichtfüßig über den Holzboden eilte, um ihr täglich Werk zu verrichten. Auffälliges, weißes, gekräuseltes Haar trug sie kurzgehalten und war für eine Köchin recht schick gekleidet. Kopfschüttelnd bewegte sie sich von einem Ende der üppig ausgestatteten Küche an das andere, murmelte leise, unverständlich vor sich her. Sichtlich ärgerte sie sich über etwas oder jemanden, während sie einen beachtlichen Stapel Teller in einen der unzähligen, massiven Küchenschränke schob.

»Guten Tag, Sie sind die Köchin?«

»Mrs. Amber Millstone, wenn ich mich vorstellen darf ... Sie sind?«

»Inspector Braunington, ich ermittle ...«

»... im Mordfall von Sir Dawson, ist mir bekannt Inspector.«, fiel Mrs. Millstone dem Inspector ins Wort und fuhr fort: »Möchten

Sie vielleicht eine Tasse Tee? Sie wirken, als würde Ihnen eine gute Tasse Tee fehlen, wenn ich das so sagen darf und der Tee wäre gerade fertig.«

»Oh ja, das ist sehr entgegenkommend Mrs. Millstone.«

»Möchten Sie ihren Tee mit etwas Milch?«

»Oh nein, weder Zucker, noch Milch, danke.«

Und schon machte sie sich ans Werk und goss dem Inspector das wohltuende, heiße Getränk in eine weiße, schlichte Tasse.

»Mordfall sagten Sie Mrs. Millstone? Noch ermitteln wir in zwei Richtungen. Selbstmord ist aus aktueller Sicht keineswegs ausgeschlossen. Wieso denken Sie, dass es Mord war?«

»Sir Dawson hatte keinen Grund sich das Leben zu nehmen, zumindest hatte ich nicht den Eindruck, dass ihm etwas derartig zu schaffen machte, ganz im Gegenteil. Er strotzte nicht vor Gesundheit, das ein oder andere Organ dürfte ihn hin und wieder gezwickt haben, aber das war mit Sicherheit kein Grund um sich in den Suizid zu treiben. Nein, nein, er war ein recht froh gestimmter Mensch, verfasste gelegentlich amüsante Geschichten und Verse, die er zu gegebenem Anlass vortrug. Erst vorgestern konnte ich einen Gast über einen seiner Vorträge laut lachen hören – zugegeben etwas zu laut. Dahingehend schließe ich für meinen Teil Selbstmord aus, nein, das passt ganz und gar nicht. Ich sage, da liegt der grauenhafte Gestank von Mord in der Luft!«

»So, so, wie Sie meinen. Wer war der amüsierte Gast?«

»Das entzieht sich leider meiner Kenntnis, ich denke, darüber müssen Sie mit Miss Bryne oder Lady Dawson sprechen. Ich kann nur so viel sagen – das Dienstmädchen, welches dem Besucher den Tee servierte, erwähnte mir gegenüber, dass er zuerst den Tee in die Tasse füllte und erst dann die Milch, man stelle sich vor!«

»Verzeihen Sie, ich glaube ich habe da jetzt etwas nicht verstanden, sollte dies von Wichtigkeit sein?«

»Inspector! Bedenken Sie doch das wertvolle Porzellan. Üblicherweise gießt man zuerst die lauwarme Milch ein und erst dann den heißen Tee, um das Porzellan zu schützen. Ich denke, dass der Gast nur selten in diesem gesellschaftlichen Kreis verweilt, Sie können folgen? Darüber hinaus versteht es sich wohl von selbst, dass sich dabei der Tee besser mit der Milch vermischt und das Aroma dadurch gekrönt wird. Daraus schließe ich, dass es sich um keinen passionierten Teetrinker handelt, könnte womöglich ein Ausländer sein, oder jemand mit mäßigem Geschmack. Die Tatsache, dass Sir Dawson nur selten Gäste empfing, unterstreicht die Möglichkeit, dass es sich bei dem Besucher um einen alten Freund von Sir Dawson handelte. Dies würde auch das für mich gekünstelte Lachen erklären, denn so lustig sind die Geschichten nun auch wieder nicht.«

»Sehr scharfsinnig Mrs. Millstone! Sieh an, sieh an, das war mir nicht bewusst, Milch vor Tee, interessant. Vielleicht hilft mir das eines Tages in einem Fall weiter. Wissen Sie darüber hinaus noch von weiteren Besuchern, die letzten, sagen wir, fünf Tage?«

»Nein, mir ist sonst niemand speziell aufgefallen. Wenn der Milchmann auch in den Rahmen der Verdächtigen rutscht, dann ist die Liste der ins Auge zu fassenden wohl etwas länger. So manch Lieferant besucht uns natürlich täglich.«

»Ich denke, wir bleiben vorerst bei den Besuchern. Die Lieferanten sehen wir uns später an, falls nötig.«

Während der Inspector den Tee in vollen Zügen genoss, die Gaumenfreude bei jedem Schluck zum Ausdruck brachte, schlängelte er, mit stets zunehmend besserer Laune durch die Küche und inspizierte mit neugierigem Blick die edlen Kupfertöpfe, Gefäße sowie einige der Gewürzschalen, welche wie der Tee, wohlriechenden Duft sanft im Raum verstreuten. Die Küche hatte eine herrliche Lage, ein Blick durch eines der ausnehmenden Fenster offenbarte den See, der sich hinter dem Haus erstreckte und dadurch eine bezaubernde Aussicht bot.

Die Köchin beobachtete mit leicht herabgesenktem Kopf den Rundgang des Inspectors, brennend darauf, sich seinen weiteren Fragen stellen zu dürfen – dies untermauerte sie durch reges Fingerklopfen auf der massiven Arbeitsplatte des beeindruckenden Küchentisches. Sie musterte einige Male die elegante Erscheinung, die aufrechte Haltung sowie die nicht zu übersehenden roten Schuhe des Inspectors.

Der Inspector blieb stehen, warf einen Blick auf seine Taschenuhr, drehte sich zu Mrs. Millstone, stellte die leere Teetasse sanft auf den Küchentisch mit den Worten: »Ein Tee, der meinem Gaumen noch auf unbestimmte Zeit in Erinnerung bleiben wird, danke dafür.«, und begann mit der ersehnten Befragung.

»Mrs. Millstone, wie lange befinden Sie sich bereits im Dienste der Dawsons?«

»Im Mai sind es drei Jahre, ich wurde als Köchin aufgenommen. Wissen Sie, ich beherrsche diese Kunst sehr gut, mir gelingt es einfach aus der Hand. Erst letzte Woche da …«

»Ja gut, bleiben wir doch beim Thema, was können Sie mir zum Tod von Sir Dawson erzählen?«, unterbrach der Inspector etwas ungeschickt.

»Tja, so leid es mir auch tut, ich kann Ihnen mit keinerlei Informationen diesbezüglich dienlich sein Inspector, ich habe davon ärgerlicherweise rein gar nichts mitbekommen, es ging an mir vorbei, als wäre nichts geschehen.«, richtete sich Mr. Millstone, zögernd, mit unsicherer, leiser, leicht verzweifelter Stimme an Braunington, als hätte sie ein schlechtes Gewissen, nicht mitten im Geschehen dabei gewesen zu sein.

»Sie meinen also, Sie haben weder etwas gesehen, noch gehört während eine Etage höher ihr Dienstgeber einem schrecklichen Tod zum Opfer fiel? Weder vom Tathergang, dieser ist vermutlich in der Nacht passiert, noch vom Leichenfund?«

»Richtig Inspector, eigenartig, nicht? Aber das kommt wohl in den besten Familien vor, wenn ich mir diese Bemerkung erlauben darf.«, erwiderte Mrs. Millstone mit einem charmanten, ausweichenden Lächeln. »Ich muss auch gestehen, ich habe einen sehr gesunden Schlaf, vorausgesetzt es keinen Grund gibt, nervös zu sein. Angeblich stammt dies daher, dass ich keine Kinder mein Eigen nennen darf, zumindest habe ich darüber einen Artikel gelesen.«

Die Enttäuschung war dem Inspector ins Gesicht geschrieben, hatte er doch von der Köchin mehr erwartet, da sie im Gegensatz zu Miss Bryne einen viel offeneren, zugänglicheren Eindruck hinterließ und eine nicht zu unterschätzende Kombinationsgabe aufwies.

»Der Stiegenabgang führt in den Keller?«

»Sehr recht Inspector, der direkte Weg in den kühlen Vorratskeller, sehr praktisch. Der Erbauer des Hauses hatte wohl ein Herz für die Küche.«

Der Inspector richtete seinen Blick mit geneigtem Kopf zur Tür, ging auf diese zu, öffnete diese und ließ sein scharfes Auge umherschweifen, lauschte kurz, bis er nach wenigen Schritten umkehrte, schließlich wieder zurück zu Mrs. Millstone in die Küche eintrat.

»Es ist für mich höchst eigenartig, sogar unerklärlich, dass eine Haushälterin einen Toten findet, welcher dazu nicht gerade nett anzusehen ist und keinen Laut von sich gibt, der das Anwesen in seinen Grundmauern erschüttert – selbst wenn dieser Landsitz recht großzügig erbaut wurde.«, stellte der Inspector in den Raum und warf seinen Blick fragend zu Mrs. Millstone.

»Genau das hat mich anfangs auch verwirrt Inspector, allerdings hat Miss Bryne eine emotionale Kälte, die einen hin und wieder verblüffen lässt. Ich hätte keinesfalls damit gerechnet, dass selbst der Fund eines Toten keine spontanen Emotionen aus ihr locken. Erst letzte Woche lag eine tote junge Katze wenige Meter vor dem Küchenfenster. Ich konnte Miss Bryne beobachten, als sie das Kätzchen entdeckte. Normal würde man doch das Gesicht vor Erbarmen verziehen, die Mundwinkel nach unten ziehen oder die Hände zusammenschlagen, ein kurzes ›oh je‹, was auch immer, man würde darauf reagieren. Nicht Miss Bryne, sie sah die Katze, rief den Gärtner, damit er den Kadaver wegräumen mag. Ich kann nicht behaupten, dass ich sie gut kenne, dennoch ist mir dieses Verhalten recht suspekt.«

»Ja, das ist mir bei der Befragung auch aufgefallen, sie ist tatsächlich, wie sie eben richtig bemerkten, emotional erkaltet, so möchte man zumindest meinen. Können Sie mir vielleicht dafür einen Grund nennen? Nach ihren Worten steht sie nicht unter Schock wie von mir zuerst angenommen, sondern ist prinzipiell eine von der kühlen Sorte? Womöglich sehr streng erzogen.«

»Das möchte ich so nicht gesagt haben, denn als ich meinen Dienst in Dawson Hall begonnen hatte, war sie keineswegs so, wie sie sich jetzt zu geben pflegt. Nein, nein, sie war glücklich, fröhlich, man möchte sagen …, ach, sie war einfach ein lebensfrohes, junges Ding. Sie hatte auch keinen Grund, jedenfalls war mir keiner bekannt, stumpfsinnig zu sein. Die Bezahlung hier bei den Dawsons ist sehr gut, die Herrschaft zählt zu den Wenigen, die das Wort Geiz kleinschreiben, müssen Sie wissen. Dahingehend ist mir auch unklar, wer den Mord begangen haben könnte.«

»Dazu kommen wir noch, ich möchte zuvor auf Edward Dawson eingehen – sie kannten ihn?«

»Ein netter Junge, ein wirklich netter, fröhlicher, junger Mann – eine Tragödie sondergleichen! Es war furchtbar, als er damals gefunden wurde …«

Mrs. Millstone blickte nachdenklich aus dem Fenster in Richtung des kleinen Sees, welcher rund 100 Meter vom Haus entfernt, die Sonnenstrahlen auf der ruhigen, beinahe glatten Wasseroberfläche wie funkelnde Sterne reflektierte und damit einen kurzen Moment lang für eine beruhigende Atmosphäre sorgte. Sie verstummte für einige wenige Atemzüge.

»Was passierte damals? Miss Bryne erwähnte einen Unfall.«

»Ja, der junge Edward ertrank im See, man fand ihn an einem Morgen, treibend im Wasser, mit dem Gesicht nach unten – der Gärtner Chessley fand ihn und brachte den erschlafften, leblosen Körper in das Gartenhaus. Warum interessiert Sie das, sehen Sie einen Zusammenhang der beiden Vorfälle?«

»Für die Ermittlungen ist es von immensem Vorteil, die Familiengeschichte so gut wie nur möglich zu kennen. Was sagten Sie? In das Gartenhaus?«

»Ja, Chessley ist schlicht gestrickt müssen Sie wissen, er mochte den Jungen sehr. Der damalige ermittelnde Inspector, ach, jetzt erinnere ich mich nicht an seinen Namen, hatte es einst auch bemängelt, verwarf diese Sonderbarkeit aber nach einem Gespräch mit dem Gärtner recht schnell. Im Eigentlichen ist die Erklärung dafür recht simpel, er wollte Edward nicht zur Schau stellen, die Leute gaffen, Sie kennen das. Der Tratsch hier am Lande ist meist noch schlimmer als in der Stadt, denn Sie müssen wissen, Sir Dawson gestattete es den Nachbarn und Freunden, sich unter Tage frei im Garten zu bewegen – das war ein feiner Zug von ihm, finden Sie nicht?«

»Ich finde es eher ungewöhnlich, dahingehend werde ich immer misstrauisch. Sie haben, was die Gafferei betrifft, natürlich recht, eine Unart ist das. Mit diesem Laster wird die Menschheit wohl noch lange zu kämpfen haben. Das bedeutet, der Fall wurde damals als Unfall zu den Akten gelegt. So, so – na mal sehen. Was den damaligen Ermittler anbelangt, ich denke Sie meinen Chief Inspector Hapes. Er war einst mit dem Fall vertraut, nun erinnere ich mich, es gab da irgendetwas, … hmmm, ein guter Mann, schade um ihn, wirklich schade, wer hätte das gedacht.«

»Sie meinen … er verstarb? Wurde er ermordet? Ein Unfall?«, konterte Mrs. Millstone aufgeregt.

»Nein, nein, nichts der Gleichen, er wurde pensioniert, ist einfach dahingealtert.«, schmunzelte der Inspector und verharrte für einen Moment nachdenklich, während Mrs. Millstone versuchte, die letzte Bemerkung des Inspectors mit hochgezogener Augenbraue samt verschmähtem Blick zu sortieren.

»Zurück zu Miss Bryne. Sie war also die Gouvernante von Edward Dawson?«

»Das ist korrekt Inspector, er war damals 15, als ich den Posten der Köchin antrat, seine Persönlichkeit war seinem Alter indes um einige Jahre voraus. Darauf kann ich mich noch gut erinnern, da ich mich mit seinem Alter, als er mir vorgestellt wurde, total verschätzt hatte; war dem jungen Mann natürlich mehr recht als peinlich, die jungen Leute wollen allesamt schon älter sein. Hat man allerdings eines Tages ein gewisses Alter erreicht, ... – aber zurück zu Miss Bryne, sie und Edward verstanden sich recht gut, es gab keinerlei Zwist, wie man es zwischen Lehrer und Schüler erwarten möchte.«

»Hatte er Freunde hier in der Gegend?«

»Ja, es gab in der Nachbarschaft ebenfalls nette, junge, heranwachsende Sprösslinge in etwa seinem Alter – er traf sich ab und zu im Garten mit ihnen, wenn es denn seine Ausbildung erlaubte. Selbstverständlich setzte Sir Dawson sehr hohe Erwartungen in den Jungen, ich denke, dass Edward diese erfüllt hätte als Stammeshalter, wenn man dies so bezeichnen darf. Wie ich erfahren habe, duldete Sir Dawson keine längeren Ruhepausen bezüglich der Fortbildung des Jungen. Der Unterricht fand täglich statt, nur an Sonn- und Feiertagen nicht.«

»Stammeshalter sagen Sie, er war also das einzige Kind der Dawsons?«

»Korrekt Inspector, korrekt. Ein Umstand, der den Vorfall noch schmerzlicher gemacht hatte, als er ohnehin schon war.«

»Wie hat Lady Dawson den Tod des Jungen verarbeitet?«

»Wenn Sie mich fragen Inspector, gar nicht. Wie soll eine Mutter den Tod ihres einzigen Kindes verarbeiten? Sie war gänzlich eine andere geworden. Das Kind sollte niemals vor den Eltern dahinscheiden, das zieht massive Furchen in die Psyche. Mir wurde die Ehre ein eigenes Kind großzuziehen leider nicht geschenkt, als dass ich mich mit diesem schrecklichen Gedanken hätte quälen müssen. Das erinnert mich an eine Geschichte in meinem Heimatort, da gab es einen ähnlichen Vorfall. Die Witwe Quiby verlor ihren Sohn, ich denke er war 18. Er stürzte von einem Felsen und brach sich dabei das Genick. Sie kam nie darüber hinweg, drei

Jahre später sprang sie vom Dach ihres Hauses und überlebte, gelähmt von der Halswirbelsäule bis zu den Zehen. Sie war fortan ans Bett gefesselt. Interessant an dieser Sache war jedoch, dass wenige Wochen später ihre Haushälterin wegen Mordes angeklagt wurde. Mrs. Quiby flüsterte ihr bei jeder Begegnung zu, sie zu töten, sie zu erlösen, das wäre ihre christliche Pflicht – Tag für Tag, Nacht für Nacht. Eines Tages erfüllte sie ihr diesen Wunsch und drückte ihr ein Kissen auf das Gesicht, bis sie daran erstickte. Wenn Sie mich fragen, war dies kein Gefallen mehr, wenn man dies so bezeichnen möchte, sondern die Tat einer bis in den Exzess genervten Pflegerin. Ich denke … «

»Nun gut Mrs. Millstone, ist Ihnen vielleicht dennoch etwas zu Sir Dawson eingefallen? Haben Sie ihm zu später Stunde noch eine Kleinigkeit zu essen oder trinken gebracht? Konnten Sie ihn sehen?«

»Nein, nichts dergleichen.«

»Waren Sie heute in der Bibliothek oder gar im Schreibzimmer?«

»Nein, weder noch, ich kann Ihnen hierbei leider nicht weiterhelfen Inspector.«

»Wo waren Sie vor den Dawsons angestellt?«

»Das wird Sie unter Umständen jetzt überraschen, zuvor hatte ich eine Stelle als Köchin bei Lord Carvill.«

»Carvill? Sie scherzen, das hat doch niemand überlebt, soweit ich mich erinnere. Ich war zwar an diesem Fall nur am Rande beteiligt, da der Täter Scotland Yard noch am selben Tag ins Netz lief, allerdings bin ich erstaunt, dass nun doch jemand überlebt hat. Wie kommt das?«

»Ich hatte meinen freien Tag, als das Unfassbare geschah.«

»Pah! Da hatten Sie wohl ein hohes Maß an Glück, dass es genau an diesem Tag passierte!«

»Das können Sie laut sagen, denn ich hatte erst eine Woche davor meinen freien Tag mit einer der anderen Köchinnen getauscht, ich musste etwas in London erledigen und war damit für den Wahnsinnigen außer Reichweite. Ich möchte nicht wissen, was passiert wäre, wenn der Täter es so gedreht hätte, dass ich die Hauptverdächtige gewesen wäre. Nicht auszudenken, aber ich hatte ein wasserdichtes Alibi – oder noch schlimmer, ich wäre als eines der Opfer wie die anderen verblutet.«

»So hatten Sie doppelt Glück – Sie ziehen das Verbrechen wohl an Mrs. Millstone, wie ein Magnet?«

Leicht nachdenklich antwortete sie mit gedämpfter Stimme: »Den Verdacht habe ich auch, aber glauben Sie mir, das ist keine Absicht.«

»Natürlich nicht. Ich bin davon überzeugt, dass nach diesem Fall bei Ihnen wieder die Ruhe des Alltags Einzug einhält.«

»Da bin ich mir ehrlich gesagt nicht sicher bezüglich der Alltagsruhe, es hört sich auch nicht gerade lebenswert an, zumindest für meine Ansprüche. Sie sehen, so wie schon damals bei Carvill, kann ich auch hierbei nicht wirklich weiterhelfen.«

»Da haben Sie wohl recht, ich denke, damit wäre unser Gespräch für das Erste am Ende angelangt. Ich danke für Ihre Offenheit und eines kann ich Ihnen zur Beruhigung noch mitteilen: Der Carvill-Schlächter baumelte noch eine weitere Stunde am Galgen, nach dem er seinen letzten Atemzug ausgehaucht hatte.«

Nach dieser makabren aber doch beruhigenden Nachricht ergriff Mrs. Millstone zum Leid des Inspectors, sogleich die Gelegenheit etwas über ihre Kochkünste und die Küchenorganisation zu erzählen und das sehr ausführlich und berichtete darüber hinaus über die Zeit als Köchin in einem renommierten Restaurant in London, erwähnte einige ihrer früheren Arbeitgeber sowie einen kleinen Vortrag über die, aus ihrer Sicht, einzig korrekte Vorgehensweise, Tee zuzubereiten.

Das Glück sollte jedoch auf der Seite des Inspectors sein, als ein Constable stampfend die Küche betrat, wobei Mrs. Millstone ihren berühmtesten Arbeitgeber bis zum Schluss aufgehoben hatte, diesen nun aber nicht mehr erwähnen konnte.

»Inspector!«, erschallte Constable Ashfords Stimme.

»Inspector! Dr. Cohl ist eingetroffen, er ist bereits bei der Leiche.«

»Endlich! Nun gut Mrs. Millstone, nochmals danke für den Tee, halten Sie sich für weitere Befragungen bereit. Constable, nehmen Sie die Personaldaten auf.«

Damit verließ Inspector Braunington die Küche, bevor Mrs. Millstone ihren Vortrag beenden konnte. Allerdings sah sie in Constable Ashford einen gleichwertigen Nachfolger des Inspectors, zumindest als Zuhörer und fuhr mit ihren Erzählungen fort.

»Wie lautet Ihre Lieblingsspeise Constable?«

Kapitel 3 - Der wunde Nerv

Inspector Braunington eilte in das Schreibzimmer, in dem sich Dr. Cohl bereits ans Werk gemacht hatte, und den Leichnam achtsam untersuchte.

»Dr. Cohl, endlich! Mussten Sie zuvor etwa noch Geburtshilfe leisten, ein Bein amputieren, oder gar eine lebensrettende Operation durchführen? Sonst sind Sie immer einer der Ersten am Tatort! Wo waren Sie verdammt!«

»Ruhig Blut Inspector, ruhig Blut, das Leben bringt manch Überraschung mit sich. Eines nach dem Anderen … und ich glaube Sie werden mir in keiner Weise widersprechen: Der Zeitplan des hier vor uns Verblichenen, hat sich schlagartig vereinfacht, nicht wahr?«

»Sehr witzig Doktor, Ihren Humor haben Sie nach wie vor nicht verloren.«, erwiderte der Inspector und verdrehte die Augen mit einer leicht wippenden Bewegung, welche dem Doktor klar signalisierte: ›Beeilung!‹

»Nun denn, eindeutig vergiftet, daran gibt es absolut keinen Zweifel. Eine vermutlich hohe, einmalige Dosis führte zum Tod, würde ich aus erster Einschätzung meinen. Die Gesichtsfärbung ist dafür prägend. Der allgemeinen Körperhaltung, sowie der zur Kralle geformten Hand zur Folge, hatte er gewaltige Krämpfe, bevor schlussendlich der Tod eintrat. Mit Sicherheit Atemstillstand binnen weniger Sekunden. Kampfspuren kann ich keinerlei finden, auf den ersten Blick zumindest. Allerdings möchte ich an die Mordopfer vor drei Monaten erinnern. Damals deutete ebenso nichts auf einen Kampf hin, erst bei der Autopsie wurde herausgefunden, dass es sehr wohl Gewalteinwirkung gab. Dahingehend bin ich diesmal vorsichtiger mit derartigen Feststellungen, obwohl man die Fälle natürlich nicht vergleichen kann. Wurde der Täter bereits gefasst, oder läuft der immer noch frei umher?

»Erinnern Sie mich nicht daran, wir ermitteln noch, scheußliche Sache.«

»Was so eine kleine vergiftete Nadel anrichtet, schnell kann es vorbei sein mit dem erhofften, schönen, langen Leben. Was den Täter anbelangt, so würde ich meinen, dass es sich um eine gebildete Person handeln muss. Möglicherweise ein Arzt, Doktor, Professor oder zumindest jemand mit fundiertem Wissen bezüglich Gifte sowie dem Aufbau des menschlichen Blutkreislaufes. Recht einfallsreicher Täter, denn so ein Einstich ist wie die Nadel im Heuhaufen, war ein reiner Zufall, dass wir die Todesursache fanden – wenn ich daran denke, wie viele Mediziner an und in den Körpern der toten Mädchen suchten und suchten …«

»Verständlicherweise Doktor, neun tote Mädchen in so kurzer Zeit, alle einfach auf der Straße, im Park, am Bahnsteig umgefallen – da stand der Verdacht nach einer gefährlichen Krankheit im Raum, allerdings nur Frauen jungen Alters, das schien dann wohl etwas höchst verdächtig.«

»In der Tat, doch leider traf es dann auch noch die jüngste Tochter von Lord Andow. Wenn ich mich recht entsinne, kamen Sie dann ins Spiel Inspector?«

»Korrekt, danach wurden noch zwei Opfer gefunden, daraufhin wurde es still, kein einziger Vorfall mehr und niemand hat etwas gesehen oder gehört, nichts, vom Täter fehlt jede Spur … eine scheußliche Sache. Wie auch immer, kommen wir bitte wieder zu unserem aktuellen Fall, der wortwörtlich vor uns liegt.«

»In der Tat; der Kopf ist unversehrt, nur eine Schramme von geringer Größe an der Stirn, ich schätze durch den Aufschlag am Tisch, der Stift lag dafür ein klein wenig ungelegen, dürfte dem

Opfer, hinsichtlich seines Allgemeinzustandes, nicht mehr wirklich etwas ausgemacht haben. Keine Fesselspuren an den Handgelenken sowie auch an den Füßen. So wie der Tote sitzt, versuchte er sich noch einmal aufzurichten, fiel dann wieder zurück in den Stuhl. Sehen Sie Inspector? Der Stuhl steht ein wenig zu weit vom Tisch entfernt, der Tote verweilt im vorderen Drittel der Sitzfläche. Somit hat er den Stuhl, als er sich aufrichtete, mit den Beinen etwas nach hinten geschoben, als er anschließend, von Krämpfen geplagt, wieder zusammensackte und im Todeskampf seine endgültige Position einnahm.«

»Gute Arbeit Doktor, endgültig trifft es auf den Punkt.«

»Das erinnert mich doch an den Fall ›Schreibtisch-Würger‹, wissen Sie noch? Der Tote war mit dem Hals zwischen Schreibtischkante und Sessellehne eingequetscht und dadurch erstickt. Wie das einhergegangen war, konnten wir nur mutmaßen, fremde Gewalteinwirkung konnte jedenfalls nicht nachgewiesen werden. Der Richter meinte noch, dass dieser Fall wohl einer der seltsamsten seiner Amtsgeschichte gewesen sei. Wenn Sie mir kurz helfen Inspector, dann werde ich den Mund des Opfers öffnen, es sollte ein markanter Geruch wahrzunehmen sein.«

Inspector Braunington hielt den Toten an den Schultern und drückte so den Oberkörper gegen die Rückenlehne des Stuhls, während Dr. Cohl den Mund des Opfers öffnete und ohne zu Zögern an dem darin befindlichen Luftgemisch roch.

»Das hätten wir dann mal geklärt, der Geruch ist eindeutig, ›bittere Mandeln‹. Wollen Sie auch mal Inspector? Ihnen entgeht was!«

»Darauf kann ich gerne verzichten! Sie lieben ihren Job wahrhaftig, hätten aber auch Komiker werden können, da ist eine Gabe, die tief in Ihnen schlummert Doktor, ich spüre es unverkennbar, denken Sie mal darüber nach, die Bühne ruft!«

Dr. Cohl zwinkerte dem Inspector mit einem Auge zu und meinte: »Wurde der Tatort verändert?«

»Die Spurensuche war bereits hier, wenn Sie das meinen.«

»Worauf ich hinauswill, hat die Spurensicherung Essensreste oder eine Tasse mitgenommen?«

»Nein, nichts dergleichen. Es gab weder einen Teller mit Essenresten noch ein Glas oder eine Tasse. Das Opfer rauchte nicht, nahm auch keinen Schnupftabak. Es lässt sich hingegen nicht ausschließen, dass das Opfer ein Medikament einnahm, allerdings fehlt auch dazu jegliche Spur. Weder eine Verpackung noch eine kleine Papiertüte, worin sich das Medikament hätte befinden können.«

»Interessant und spannend zugleich. Das weckt doch grenzenlosen Raum für Fantasie, wobei ich aktuell nur ins unendliche Dunkel blicke. Das wäre es fürs Erste, über das ›Wie‹ kann ich selbstredend erst nach einer genauen Untersuchung einen entsprechend aufschlussreichen Bericht erstellen.«

»Das bedeutet? Wann können Sie mehr sagen?«

»Ich denke in ein bis zwei Tagen, also am Donnerstag, erhalten Sie ihren ersehnten Bericht. Wären Sie so nett und würden den Leichentransport veranlassen?«

»Natürlich … Constable! Ach, noch was Doktor, könnten Sie sich bitte Miss Bryne ansehen? Ich habe den Eindruck, sie erlitt möglicherweise einen Schock oder Ähnliches, Sie würden mir mit einer Diagnose über ihren gegenwärtigen Zustand sehr weiterhelfen.«

»Weiterhelfen? Da steckt doch mehr dahinter? Wie auch immer, kein Thema, wo ist die Gute?

»Gute? Na sie werden schon sehen, zuletzt ging sie in den Salon.«

»Ich werde sie schon finden, bis demnächst Inspector, denn ich habe das Gefühl, der nächste Pulslose lässt nicht lange auf sich warten.«

Während sich Constable Ashford um den Abtransport der Leiche bemühte, setzte sich Inspector Braunington auf das üppige Chesterfield Sofa im Musikzimmer und versank in Gedanken.

Was soll das kalte Verhalten von Miss Bryne? Wann trat es ein? Etwa mit dem Tod von Edward? Ist es von Belange?

Bryne und Edward, hmmm, hat sie vielleicht etwas gesehen? Massiv eingeschüchtert worden?

Wieso ist die Köchin so zuvorkommend? Warum musste ich mir den Vortrag über die Küche sowie das Essen anhören? Scharfsinnig ist sie, könnte von Vorteil sein. Hat das Carvill-Massaker überlebt, wieso weiß ich darüber nichts!

Warum standen die Fenster im Schreibzimmer offen?

Wie wurde das Gift verabreicht? Hat er es selbst eingenommen? Wenn ja, warum? Wurde er vielleicht gezwungen? Was wäre das Druckmittel?

Wer kommt für den Mord in Frage?

Wie könnte das Motiv lauten? Geld? Rache?

Wieso gibt es keinen Butler?

Sämtliche Bediensteten wohnen in Dawson Hall, übermäßige Bezahlung. Wieso?

Unfall am See, ertrunken, Miss Bryne blieb, obwohl Edward verstarb, um Lady Dawson zu unterstützen. Freundschaft?

Was war mit Sir Dawson? Was trieb er den langen Tag? Woran hat er gearbeitet?

Selten Besucher im Haus, aber frei zugängliches Gelände für Nachbarn.

Leichenfund, kein Schrei, kein Schrei, seltsames Verhalten, unüblich.

Hohe Giftdosis, die Fenster, die Fenster, etwas stimmt nicht mit den Fenstern ... der Regen am Morgen. Keine Spuren an der Fensterbank.

Mrs. Dawson verließ das Haus am Vortag.

»Miss Bryne?«

»Korrekt, Sie wünschen?«

»Ich bin Dr. Cohl, hätten Sie einen kurzen Moment? Es geht um Ihr Wohlergehen.«

»Wie darf ich das verstehen? Es geht mir gut. Ich wurde nicht verletzt oder Ähnliches.«

»Davon bin ich überzeugt, allerdings muss ich mich kurz mit Ihnen unterhalten und einen Bericht schreiben. Mein Vorgesetzter würde es mir übelnehmen, wenn ich dem nicht Folge leiste.«

»Nun gut, dann beginnen Sie mit ihrer Diagnose, wenn es sich nicht vermeiden lässt.«

»Wie fühlen Sie sich in diesem Moment?«

»Ehrlich gesagt, nicht sonderlich anders, als die Tage vor dem Vorfall. An sich ganz gut, jedoch beunruhigt mich der Rummel im Haus.«

»Nach dem Leichenfund, hatten Sie Angst? Verspürten Sie ein seltsames Kribbeln? Lief Ihnen ein Schauer über den Rücken? Hatten Sie ein kurzes Blackout?«

»Nein, nichts dergleichen.«

»Weiche Knie, Schwindelgefühl, Übelkeit?

»Nein, wie gesagt, mir geht es gut.«

»Sie sind unglaublich bezaubernd. Ich denke nicht, dass ich jemals eine hübschere junge Dame gesehen habe, als Sie.«

»Danke für das Kompliment, haben Sie sonst noch Fragen? Ich müsste wieder an die Arbeit.«

»Eines wäre da noch, würden Sie vielleicht nächste Woche mit mir ausgehen?«

»Ich denke, dafür gibt es keinen Anlass.«

»Schade, einen Versuch war es wert. Zurück zu Ihrer Gesundheit, eine Frage hatte ich vergessen, geblendet durch ihr hübsches Gesicht, leiden Sie zeitweise unter Kopfschmerzen oder Schlaflosigkeit oder gar Albträumen?«

»Mitunter ja, Schlaflosigkeit würde ich es zwar nicht nennen, allerdings schlafe ich recht unruhig und wache ab und zu mitten in der Nacht auf. An Träume kann ich mich aber nicht erinnern.«

»Sie meinen, Sie träumen schon, können sich nur nicht genau an die Träume erinnern?«

»Ich meine, ich kann nicht sagen ob ich träume oder nicht, denn ich kann mich nicht daran erinnern, geträumt zu haben.«

»Nehmen Sie regelmäßig Medikamente oder Kräuter, die uns die Natur beschert?«

»Nein, ich glaube, wir sind nun am Ende, wenn sie mich entschuldigen, ich muss das Chaos beseitigen.«

»Natürlich, guten Tag Miss Bryne.«

Der Inspector nahm mehr und mehr zur Kenntnis, dass dieser Fall einige Eigenheiten mit sich brachte, Seltsamkeiten, die seinen kriminalistischen Instinkt in Alarmbereitschaft versetzten und ihn stutzig machten, denn je länger er sich auf Dawson Hall aufhielt, umso mehr Sonderbarkeiten zogen Furchen in seine Denkfähigkeit. Tief in Gedanken versunken, öffnete sich langsam und knarrend eine Seite der Doppelflügeltür, welche in das Musikzimmer führt.

»Inspector? Sind Sie da?«

»Mrs. Millstone, treten Sie ein.«

»Inspector, mir ist da etwas eingefallen. Anfangs war ich der Meinung, es sei nicht wichtig, aber ich denke, Sie sollten davon erfahren, weil Sie mich bezüglich des Unfalls von Edward befragten, da ist es mir eben wieder eingefallen: Es ist so, als ich vor ungefähr zwei Monaten mit Miss Bryne über den Unfall des jungen Edward sprach, verhielt sie sich absonderlich. Das verwunderte mich damals doch sehr. Wir fachsimpelten anfangs allgemein über den Unfall und was nicht alles passieren kann, sie verstehen, ein Frauenklatsch bei Tee. Allerdings schwankte ihre Stimmung recht schlagartig, als ich eine Bemerkung über Sir Dawson diesbezüglich tätigte. Ich hatte erwähnt, dass es die Herrschaft, besonders Sir Dawson mit Sicherheit hart getroffen hat, den einzigen Sohn, den Stammeshalter zu verlieren. Der Blick, den mir Miss Bryne daraufhin zuwarf, ich sage Ihnen schauderhaft, ermahnend, ich möchte sogar sagen mir wurde etwas mulmig. Diese unwirkliche Szene hielt nur einen sehr kurzen Moment an, danach wandelte sich ihr Gesichtsausdruck wieder in ein monotones Abbild ihrer selbst und sie wechselte gekonnt das Thema. Mir war, als hätte ich direkt einen wunden Nerv mit dieser Aussage gereizt, Sie können folgen?«

Der Inspector legte langsam seinen Kopf nach hinten, starrte an die Zimmerdecke, kniff die Augen etwas zusammen, unweigerlich spitzte er dabei die Lippen und verkündete ein leises, aber markantes »hmmm«.

»Mrs. Millstone, haben Sie Miss Bryne und Edward Dawson jemals, in Ihrer damals noch kurzen Dienstzeit hier auf Dawson Hall … wie soll ich mich ausdrücken … genauer beobachtet?«

»Wie meinen Sie das?«

»Sie wissen schon, sie sehen zufällig aus dem Fenster und entdecken etwas, können Ihren Blick nicht mehr abwenden. Es geht etwas vor sich, das Ihr Interesse geweckt hat. Zum Beispiel Miss Bryne und Edward betreffend.«

»Das möchte ich so nicht behaupten, denn die beiden verbrachten sehr viel Zeit miteinander. Sie wissen, die Ausbildung des Jungen – Miss Bryne ist eine gebildete, engagierte sowie kompetente Persönlichkeit – die Bildung von Edward lag ihr wahrhaftig am Herzen. Ich muss schon gestehen, dass die Lehrmittel von höchster Qualität waren. Der Naturkundeunterricht hatte unglaubliches Anschauungsmaterial zu bieten. Es gibt einen Raum, der mit ausgestopften Tieren und diversen Modellen übersät ist. Ich bin davon überzeugt, wäre zu meiner Zeit der Unterricht ebenso abgelaufen, dann wäre dieser bei weitem nicht so langweilig in Erinnerung geblieben. Es liegt somit auf der Hand, dass die beiden oft zusammen zu sehen waren. Dahingehend und darüber hinaus wäre der von Ihnen gewählte Begriff ›beobachtet‹ wohl unangebracht. Hin und wieder, nun ja, ein kurzer Blick aus dem Fenster mal da, mal dort.«

»Sie können also keinerlei Vorgänge diskreter Natur zwischen Miss Bryne und Edward bestätigen? Sehen Sie, wenn ich mir Miss Bryne so ansehe, eine durchaus attraktive, wohl geformte Dame und wenn ich den Kalender nun einige Jahre zurückdrehe, dann sehe ich zwei junge Menschen die sehr viel Zeit mit einander verbracht haben. Edward war ein charmanter, frühreifer Junge, nicht wahr?«

»Nun ja Inspector, bestätigen kann ich das nicht, mir ist nie derartiges unter die Augen gekommen. Ich selbst stand, wie Sie bereits erwähnten, damals erst wenige Wochen im Dienste der Herrschaft. Geschwätzt wird natürlich, so dieses und jenes, aber wie gesagt, gesehen habe *ich* keinerlei derartige Vorkommnisse.«

Mrs. Millstone spitzte wie der Inspector zuvor die Lippen, hob die Schultern etwas an und verdrehte dabei die Augen in Richtung Zimmerdecke gefolgt von einem leisen »hm«.

»Mrs. Millstone! Wenn Sie mir etwas zu sagen haben, dann bitte ich in aller Form darum, wir sprechen hier mit höchster Wahrscheinlichkeit von einem Mordfall!«

»Noch ist es nicht bewiesen Inspector, nicht wahr? Ich möchte nicht als altes Klatschweib hingestellt werden, meine Reputation wäre dadurch gefährdet. Ich bin mittlerweile nicht mehr an die Stelle angewiesen, sodass ich in ein finanzielles Desaster schlittern würde, aber ich verrichte meine Arbeit gerne. Man fühlt sich doch gleich besser, wenn etwas zu tun ist und ein gewisses Maß an Verantwortung an einem haftet, nicht wahr? Würde ich es mir durch voreiligen Tratsch mit dem Personal auf Dawson Hall verscherzen, so hätte dies Folgen in einiger Hinsicht. Das werden Sie doch verstehen Inspector? Ich bin nicht mehr die Jüngste.«

»Natürlich, natürlich!«, änderte Inspector Braunington rasant seine Tonart. »Verzeihen Sie mir, sollten Sie dennoch diesbezüglich etwas zu sagen haben, wissen Sie ja wo sie mich erreichen, nicht wahr? Wäre das alles für diesen Moment Mrs. Millstone?«

»Ich denke ja, ich werde dann wieder in die Küche gehen. Einen schönen Tag wünsche ich Ihnen noch Inspector und viel Glück!«

»Wie? Ja, auf Wiedersehen Mrs. Millstone und danke für den Hinweis.«

Inspector Braunington begab sich in die Bibliothek und schließlich wieder in das Schreibzimmer. Die Leiche war bereits abgeholt worden. Er setzte sich in den Lederstuhl, in dem laut den aktuellen Fakten Sir Dawson sein Leben aushauchte und betrachtete den Schreibtisch. Die Unterlagen, welche am Schreibtisch verstreut lagen, ließen darauf schließen, dass Sir Dawson die penible Ordnungshaltung von Miss Bryne zumindest an diesem Ort ignorierte. Mehrere Schreibtischschubladen waren versperrt, bis auf eine, darin befanden sich fünf Tafeln feinster Schokolade, eine davon unsauber aufgerissen, es fehlte bereits mehr als die Hälfte. Am Schreibtisch befanden sich winzige Spuren der Schokolade. Der Inspector war sich daraufhin ziemlich sicher, dass es sich hier um keinen Selbstmord handelt; das wäre bizarr, vor dem Selbstmord zu naschen – nein, ein klarer Fall von Mord. Das wird auch der Beweis für Cown gewesen sein, als er meinte, es war Mord.

Während dem Inspector Gedanken zur Rekonstruktion des Falles immer wieder durch den Kopf rasselten, er dabei Auf und Ab schlenderte, durch die Bibliothek in den Empfang, ins Wohnzimmer und schließlich in den Salon, wurde er mehr als stutzig, als er weder an Kommoden, noch an Wänden oder gar am Kaminsims ein Bild des verstorbenen Edward Dawson finden konnte, hätte er doch gerne dem angeblich so charmanten Edward ein Gesicht zugeordnet. Ein Gesicht zum Namen zu haben ist sehr wichtig. Es möge Gründe dafür geben, aber da er der Sonnenschein auf Dawson Hall war, so scheint es doch sehr wunderlich, weder ein Foto noch ein Gemälde zu entdecken, das an den jungen Sprössling erinnert. So wandelte er von einem Raum im Parterre in den nächsten und suchte nach einem Abbild des jungen Dawson, vergeblich, er konnte kein einziges finden.

Ein weiterer Punkt, welcher sich immer wieder im Kopf des Inspectors hocharbeitete, war der Butler, es gab keinen, sondern nur weibliche Bedienstete, ausgenommen der Gärtner. Ein Herr in der Position von Sir Dawson hätte üblicherweise einen Butler, einen Engsten des Vertrauens an seiner Seite. Dieser würde sich in Momenten wie diesen für Scotland Yard als sehr nützlich erweisen – solange er nicht selbst der Mörder ist.

Im Salon angekommen, ging Miss Bryne ihrer Vorliebe der perfekten Ordnung nach, in dem sie einige Einrichtungsgegenstände ausrichtete sowie jedes auch nur so kleine Staubkorn entfernte. Dabei prüfte sie nicht nur, ob sich unter Dekorationsgegenständen Staub angesammelt hatte, sondern auch im Inneren, wie bei Vasen und anderen Gefäßen jeglicher Art. Selbst Schatullen wurden dabei geöffnet und mit prüfendem Blick kontrolliert. Fingerabdrücke haben nicht die geringste Chance lange an Objekten zu verweilen.

»Ach Miss Bryne, zuerst möchte ich Ihnen meinen tiefsten Respekt aussprechen, die Sauberkeit und Ordnung hier auf Dawson Hall ist kaum in Worte zu fassen. Mein Beruf trieb mich in so manchen Landsitz, aber solche Ordnung und Sauberkeit habe ich ehrlich gesagt noch nicht erlebt.«

»Danke Inspector, ich gebe mir große Mühe, sowie es mir das restliche Personal gleichtut. Was kann ich für Sie tun?«

»Ich frage mich gerade, wie es kommt, dass kein einziges Foto oder gar Gemälde von Edward Dawson zu sehen ist. Können Sie mir diesen, für mich sonderbaren Umstand, erklären?«

»Finden Sie nicht, dass dies nun zu weit geht Inspector? Ich denke, dass Sie die Gepflogenheiten, welche hier ausgeübt werden, nicht im Geringsten etwas angehen, insofern dies nichts mit dem aktuellen Fall zu tun hat. Wenn Sie mich jetzt entschuldigen, ich habe zu tun.«

Der Inspector blickte der sich rasch entfernenden, aufgebrachten Dame mit nickendem Kopf und leicht geschlossenen Augen hinterher und war eindeutig mit Mrs. Millstone einer Meinung: Direkt in den wunden Nerv getroffen, da steckt wohl mehr dahinter, als es im Augenblick den Anschein hat. Es lag auf der Hand, dass hier noch einiges im Dunklen schlummert und an das Tageslicht gefördert werden muss, mit hoher Wahrscheinlichkeit nicht will, aber muss. Ein wichtiger Punkt in solchen Fällen, dies war dem Inspector nach langjähriger Erfahrung in den höheren Gesellschaften mehr als bewusst, sind die Verbündeten aus den Reihen der Verdächtigen. Ein einziger Informant kann die Ermittlungen enorm vorantreiben, diese Person sah er in Mrs. Millstone. Das Interesse an diesem Fall war augenscheinlich, dahingehend fehlte nur ein kleiner Funke, um an diskrete Informationen der Dawsons heranzukommen. Kategorische Verschwiegenheit aller beteiligten Personen über die Dawsons stand wie eine wachsende Mauer, welche sich unüberwindbar vor den Ermittlern emporhob und musste mit List und Taktik überwunden werden. Er hatte auch das Gefühl, dass ihm gewisse Bedienstete aus dem Weg gingen. Das ein oder andere Gesicht war ihm zwar bereits begegnet, dann aber doch wieder hinter einer Tür verschwunden. Die aktuelle Situation zeigte, dass die Bediensteten es nicht wagten, den Inspector zu unterstützen. Zu hoch war die Furcht dafür ermahnt zu werden oder gar den Posten zu verlieren. Dennoch versuchte der Inspector sein Glück und vernahm ein Zimmermädchen nach dem anderen, insofern er eines aufspüren konnte.

»Ihr Name lautet?

»Isabell Periton, Sir«

»Wie lange sind Sie bereits hier beschäftigt?«

»Beinahe vier Jahre.«

»Was zählt zu Ihren Tätigkeiten?«

»Ich mache die Zimmer sauber und ziehe die Betten über.«

»Sie machen sauber? Sind Sie also dafür verantwortlich, dass es beinahe unmöglich ist, in diesem Anwesen ein Staubkorn zu finden?«

»Nein Sir, ich mache sauber, Miss Bryne sterilisiert.«, kicherte das Zimmermädchen um sich schauend.

»Ich verstehe, gut formuliert Isabell, ich darf Sie Isabell nennen?«

»Ja Sir, wir Zimmermädchen werden alle beim Vornamen angesprochen.«

»Haben Sie etwas Seltsames vernommen die letzten Tage, etwas gesehen oder gehört?«

»Ich muss gestehen, es ist meine erste Stelle als Zimmermädchen, wenn es in allen Häusern so zugeht, wie hier, dann ist nichts mehr seltsam.«

»Was meinen Sie damit?«

»Lady Dawson geistert durch die Gänge, unter Tags, sowie auch in der Nacht. Ich höre sie nachts langsam an meinem Zimmer vorbeigehen. Sie wandelt durch das Haus, wie von Geisterhand bewegt. Sie macht mir hin und wieder Angst. Ihr Blick ist, ich habe dafür keine Worte, er macht mir einfach Angst. Vor einigen Monaten, ich konnte nicht einschlafen, so ging ich nach oben, um mir ein Buch zu holen, da stand sie auf der Treppe. Sie stand da und regte sich nicht. Sie hat mich zum Glück nicht bemerkt. Einige Tage später fasste ich allen Mut zusammen und sprach Miss Bryne darauf an. Sie meinte nur, ich solle mich nicht darum kümmern und zurück zur Arbeit gehen.«

»Lady Dawson haben Sie nicht dazu angesprochen?«

»NEIN, Gott behüte, das würde ich niemals wagen und wäre mit Sicherheit keine gute Idee.«

»Ich verstehe, die Herrschaft pflegt somit keine Konversation mit den Bediensteten.«

»Jedenfalls nicht mit den Zimmermädchen.«

»Hätten Sie, abgesehen von der gespenstischen Lady Dawson, noch etwas zu berichten?«

»Nein Sir, ich habe auch mit den anderen Zimmermädchen gesprochen, natürlich, wir sprechen viel miteinander, tauschen uns ständig aus, jedoch hat keine etwas bemerkt, gehört oder gar gesehen – es tut mir leid, nicht helfen zu können.«

»Sie müssen jetzt nicht betrübt sein, es ist vielleicht auch besser so. Nichts zu wissen, ist womöglich besser, als zu wissen.«

»Besser so? Wie meinen Sie das?«, stutzte Isabell.

»Nehmen wir an, Sie haben etwas von der Tat mitbekommen. Irgendwie gelangt dies in die Ohren des Täters. Was meinen Sie, was dann mit ihnen passiert?«

»Aber Inspector, ich versichere Ihnen, ich habe nichts gesehen.«

»Wenn dem so ist, dann haben Sie auch nichts zu befürchten. Sie können nun gehen, Sie wissen wo Sie mich finden, falls es dennoch etwas zu berichten gibt.«

Isabel richtete sich nachdenklich auf und wollte eben noch hastig das Zimmer verlassen, als sie zögerte und doch noch eine Information zu bieten hatte.

»Fragen sie Abigail, Abigail Larn. Sie arbeitet nicht mehr hier, sie fand eine Stelle in der Nähe ihres Elternhauses. Was ich sagen will, ist, sie hat mir erzählt, dass, sie hatte ihr Zimmer neben dem von Miss Bryne. Also sie hörte sie öfter in der Nacht weinen, auch wimmern und kurz aufschreien. Sie wagte es allerdings nicht, sie

darauf anzusprechen, die beiden konnten sich nicht wirklich rie-
chen.«

»Da haben Sie mir am Ende ja doch noch geholfen Isabell danke,
das ist hilfreich. Wo genau Abigail Larn derzeit beschäftigt ist,
können Sie mir nicht sagen?«

»Leider nicht, Inspector.«

Das Zimmermädchen eilte daraufhin laufenden Schrittes zu ihres
gleichen, um zu berichten, was der Inspector von ihr wollte.
Braunington war nun klar, dass er in diesem Fall nur wenige
brauchbare Informationen von den sonst zum Tratsch verleitenden
Zimmermädchen über die Mordnacht erwarten konnte – wobei, ein
Gespräch mit Abigail Larn konnte sicher nicht schaden.

Kapitel 4 - Die Lady in schwarz

Inspector Braunington nahm erneut Platz im Schreibzimmer und betrachtete die kümmerlichen Reste einer beinahe komplett heruntergebrannten Kerze. An etlichen Stellen waren Kerzen unterschiedlichster Art verteilt, Sir Dawson liebte es wohl nostalgisch. Als er den Kerzenhalter hochheben wollte, es war kein besonderer, einer der Sorte, die nicht weiter auffällt, mit einer kleinen Wachsauffangschale, klebte dieser am Schreibtisch fest. Diese Absonderlichkeit weckte das Interesse des Inspectors, da es doch bei der Ordnung und Sauberkeit im Haus höchst auffallend war. Nach einem kräftigen Ruck löste sich der Kerzenhalter vom Schreibtisch, es war etwas Wachs darunter geronnen und erkaltet.

Aber wie war das geschehen? In Anbetracht auf die Sauberkeit im Haus, konnte dies erst kürzlich passiert sein. Ein Windstoß würde dafür vermutlich nicht ausreichen. Womöglich ein starker Luftzug aufgrund der geöffneten Fenster wäre zwar möglich, allerdings gab es diese Nacht keinen nennenswerten Wind. Naheliegender wäre der Ansatz, dass dies beim Ausblasen der Flamme geschehen war, aber das wäre wohl höchst eigenartig gewesen, dass ein Toter so etwas schafft. Warum sollte Sir Dawson versucht haben mit übermäßiger Anstrengung die Kerze auszublasen? Hatte er die Kerze ausgeblasen, bevor er starb? Wozu? Jemand der mit schweren, schmerzhaften Krämpfen zu kämpfen hat, kann unmöglich eine Kerze ausblasen. Ein Ruck des Tisches war ebenfalls auszuschließen, da dieser sehr massiv und somit zu schwer dafür war. Wobei, die kleine Auffangschale am Fuße des Kerzenständers erfüllte sicherlich ihren Zweck, doch darin war beinahe kein Wachs zu finden.

Miss Bryne war in die Bibliothek gekommen und wischte mit einem kleinen Tuch Staub, wo keiner war, ordnete Bücher, die bereits geordnet waren, mit einer etwas lautstarken Art und Weise, um auf sich aufmerksam zu machen, bis der Inspector sie offenkundig registrierte.

»Ah, Miss Bryne, bitte kommen Sie doch auf ein Wort.«

Mit schüchternem Ton, sowie herabgesenktem Kopf gab sie zu verstehen: »Inspector, bitte verzeihen Sie mein vorheriges Benehmen, vielleicht ist das alles doch etwas viel für mich, Sie verstehen.«

»Schon gut Miss Bryne, ich verstehe das.«

»Womit kann ich Ihnen helfen Inspector?«, gab sich die Haushälterin von einer Sekunde auf die andere wieder in ihrem gewohnten, direkten, abgekühlten Umgangston, wenn doch mit einer künstlich aufgesetzten Maske der Freundlichkeit, welche ihr sichtlich schwerfiel.

»Können Sie mir den Schlüssel für die Schreibtischladen besorgen?«

»Natürlich, einen Moment.«

Miss Bryne drehte sich in Richtung eines kleinen Bücherschrankes im Schreibzimmer, öffnete diesen und entnahm aus einem Fach, welches verborgen im hinteren Bereich angebracht war, einen Schlüssel.

»Hier Inspector, der Schlüssel.«

»Danke; haben Sie keine Bedenken, dass mir das Versteck nun bekannt ist?«

»Nein, denn in diesem ›Versteck‹ wie Sie es bezeichnen, befindet sich nur dieser eine Schlüssel. Ich denke nicht, dass Ihnen dieses

Wissen einen Vorteil verschafft, welcher mein Nachteil wäre, wenn sie verstehen.«

»Jedem im Haus ist der Aufenthaltsort bekannt?«

»Nein, nur mir, Lady sowie … Sir Dawson war er bekannt.«

»Aha, hm, wozu wurde der Schreibtisch versperrt? Besser gesagt, wer sollte nicht hineinsehen? Die Bediensteten?«

»Darauf kann ich Ihnen leider keine Antwort geben, es erscheint mir jetzt auch etwas sonderbar. Sir Dawson wird seine Gründe gehabt haben.«

»Nun denn, mal sehen, was sich in den Laden befindet. Ich denke, ich komme nun zurecht, danke Miss Bryne.«

Damit verließ sie das Zimmer wieder, der Inspector untersuchte vorsichtig den Inhalt der Schreibtischschubladen. Neben Manuskripten, Schreibmaterial, Briefumschlägen sowie Datumsstempel samt Stempelkissen, war in dem Fach, welches sich an der rechten Seite unter dem Fach mit der Schokolade befand, nichts von Bedeutung zu finden. Auf der linken Seite befanden sich ebenfalls zwei Laden, wobei die obere einige Fotos enthielt, neben Plänen bezüglich einer Hauserweiterung an der zum See gelegenen Seite. Die untere Schublade beinhaltete drei Bücher, ein Wörterbuch für dichtende Künste in drei Bänden wie sich herausstellte.

Inspector Braunington legte die Bücher auf den Tisch, wie auch die Fotos und Pläne, sichtete gewissenhaft die Manuskripte und Fotografien. Auf den Fotos, die ihn als erstes interessierten waren Gruppierungen der Familie samt Bediensteten zu sehen. Kinder waren stets in Gruppen gemischten Geschlechts abgelichtet, sodass nicht klar ersichtlich war, wer davon Edward sein könnte. Ein Foto eines einzelnen Jungen wäre aufschlussreicher gewesen. Ganz klar konnte der Inspector Miss Bryne auf einem Foto entdecken, die wie bereits vermutet, in jungen Jahren, vor dem Drama eine Augenweide sondergleichen war. Sie hatte ein sanftes Lächeln mit, man möchte meinen, funkelnden Augen. Dieser weiche, sanfte Gesichtsausdruck ging gänzlich verloren. Bis auf einige Manuskripte und den drei Büchern verstaute er wieder sämtliches Material in den Tischladen. Die Bücher blätterte er im Flug durch, als eine wohl bekleidete Dame in schwarzem, bodenlangem Kleid das Zimmer betrat. Sie trug einen schwarzen Hut, der an einen warmen Sommertag erinnerte. Enorm ausladend verbarg die Kopfbedeckung das Haupt der streng wirkenden Dame.

»Wer sind Sie? Was suchen Sie hier?«, warf sie dem Inspector kurzatmig mit lauter, provokanter Stimme entgegen.

»Mein Name ist Detective Inspector Braunington von Scotland Yard. Mit wem habe ich das Vergnügen?«

»Lady Dawson natürlich! Ich wiederhole: Was suchen Sie hier?«

»Lady Dawson, Ihrem Verhalten nach nehme ich an, Sie wurden noch nicht über den tragischen Vorfall in Kenntnis gesetzt?«

»Vorfall? Tragisch? Wie darf ich das verstehen? Inspector ......«

»Braunington, mein Name ist Inspector William J. Braunington.«

»Gewiss, aber nun erklären Sie in wenigen Worten ihre Anwesenheit in Dawson Hall, wenn diese von Wichtigkeit ist, ansonsten verlassen Sie augenblicklich das Anwesen. Ich habe aktuell weder die Zeit noch das Verständnis mit Ihnen über irgendwelche vermutlich trivialen Vorfälle zu sprechen. Wo ist Miss Bryne?«

»Ich möchte Sie bitten sich zu beruhigen und zu setzen Lady Dawson, ich muss Ihnen leider eine schmerzhafte Nachricht übermitteln, denn ich bin dienstlich hier.«

Lady Dawson sah den Inspector fixiert an, richtete daraufhin ihren Blick in Richtung des nun unbesetzten Lederstuhls, aus dem der Inspector schlagartig aufgesprungen war, welcher hinter dem schweren Schreibtisch stand. Langsam bewegte sie sich zu der kleinen, mit purpurfarbenem Stoff überzogenen, reichlich gepolsterten Bank und nahm Platz, ihr Kopf leicht nach unten geneigt ließ sie bereits vermuten, dass die Anwesenheit des Inspectors nichts Gutes verheißen mochte.

»Lady Dawson, Ihr Mann, Sir Anthony Dawson, ist in der Nacht von gestern auf heute verstorben.«

»Verstorben sagen Sie? Wie ist das geschehen? Ein Unfall? Sein Herz?«

»Aus aktueller Sicht kann ein Unfall ausgeschlossen werden. Es bieten sich uns leider nur noch zwei Möglichkeiten: Mord oder Selbstmord.«

»Mord? Mord sagen Sie? Aber wer soll meinen Gatten denn ermordet haben? Lächerlich!«

»Die Ermittlungen haben erst vor wenigen Stunden begonnen, dahingehend kann ich noch keine Angaben diesbezüglich machen, Sie verstehen.«

»Natürlich Inspector Braunington, verzeihen Sie meine Unbeherrschtheit.«

»Lady Dawson, Sie brauchen sich nicht bei mir zu entschuldigen. Ihr Gatte ist vor einigen Stunden verstorben, ich bin leider sehr oft der Überbringer derartiger schlechter Nachrichten und in der Regel dabei mit gewaltigen Gefühlsausbrüchen konfrontiert, auch Nervenzusammenbrüche, Ohnmacht. Sie hingegen bewahren enorme Haltung – verzeihen Sie mir, wenn ich etwas verblüfft bin, denn ich habe heute schon die ein oder andere, für die Situation seltsam wirkende Haltung, erfahren.«

»Tatsächlich? Seltsame Haltung? Inspector, in gewissen Schichten mag es zur Tagesordnung zählen, in unseren Kreisen gelten emotionale Ausbrüche als unschicklich sowie im äußersten Maße unangebracht. Können Sie denn schon sagen wie Sir Dawson verstorben ist? Wenn Ihnen nicht klar ist ob Selbstmord oder Mord, so gab es keinerlei Gewaltanwendung?«

»Jedenfalls konnten wir nichts Derartiges feststellen, Genaueres gibt erst der Autopsiebericht preis.«

»Falls Sie keine weiteren Fragen haben, werden Sie mich entschuldigen, ich ziehe mich nun zurück. Bei Bedarf wenden Sie sich an Miss Bryne.«

»Natürlich, Lady Dawson.«

Inspector Braunington sprach Lady Dawson noch sein tiefstes Beileid aus, welches sie beim Vorbeigehen zur Kenntnis nahm. Danach stand er noch einen Moment fassungslos im Schreibzimmer, während sie ohne weitere Gestik die Räumlichkeit verließ und sich erhobenen Hauptes eine Etage höher begab.

Da wurde dem Inspector bewusst, dass Miss Bryne die Rückkehr von Lady Dawson erst für übermorgen angekündigt hatte. Ein weiteres Puzzleteil schob sich zähneknirschend in den bereits enorm angewachsenen Berg aus ungeklärten Fragen in seinen Kopf.

Um die Begegnung mit Lady Dawson zu verdauen und sich etwas die Beine zu vertreten, begab er sich zum kleinen See, an dem der junge Edward Dawson einst verunglückte. Ein wunderschöner, ruhiger Platz, verträumt, märchenhaft in Bezug auf die aktuellen Geschehnisse in Dawson Hall. Am Steg stehend, die Arme hinter dem Rücken haltend, verbrachte Braunington einige Minuten des Durchatmens und überlegte.

Das Wachs unter dem Kerzenständer – wie kam es dahin? Durch Sir Dawson selbst? Ein Windstoß kommt nicht in Frage.

Wer öffnete die Fenster?

Wo war Lady Dawson? Wieso kehrte sie früher als erwartet zurück? Spielt sie die Rolle der gefassten Lady nur? Sitzt sie nun schluchzend in ihren Räumlichkeiten?

Warum waren die Schubladen im Schreibtisch verschlossen?

Wieso ist niemand vom Tod des Hausherrn betroffen?

Sein Blick schwenkte über den See zum in die Jahre gekommenen Gartenhaus. In der Ferne erblickte er ein weiteres Haus sowie Spaziergänger, zwei Personen hielten ein Picknick am anderen Ufer. Ein kleines am Steg befestigtes Boot schaukelte im leichten Wellengang und lud zu einer verträumten Fahrt über den See ein. Ein schöner Platz auf Erden, der durch den Vorfall einen düsteren Schatten auf sich zog. Es berührte das bunte Treiben in der Ferne nicht wirklich, vermutlich hatte es sich noch nicht umhergesprochen. Nach einer Weile kehrte der Inspector, ohne eine Antwort auf seine Fragen gefunden zu haben, wieder zurück in das Schreibzimmer. Erneut blätterte er die Wörterbücher durch, inspizierte den aus Leder gefertigten Bucheinband, ohne etwas Interessantes, wie gehofft, entdeckt zu haben. Dennoch war dem Inspector unwohl, als gäbe es noch etwas an diesem Ort, etwas Unscheinbares, aber von enormer Wichtigkeit. Ein Gefühl machte in seinem Kopf die Runde, dass es da noch etwas geben musste, unscheinbar, versteckt und rufend gefunden zu werden. Er schloss die Tür, nahm eine der Kerzen, welche noch unversehrt war, stellte diese auf den Schreibtisch und zündete sie an. Daraufhin öffnete er die Fenster hinter dem Lederstuhl. Die Flamme zuckelte zwar unruhig, brannte jedoch unbeschadet weiter. Er öffnete die Tür zur Bibliothek, auch dies beeindruckte die Flamme der Kerze nicht, so verschloss er die Fenster wieder. Für den Inspector rückte die Tatsache mehr und mehr ins Licht, dass die Kerze ausgeblasen, oder ausgedämpft wurde, vom Täter oder durch das Opfer. Sollte Letzteres zutreffen, wäre die Kerze nicht mehr von Interesse, könnte im Todeskampf passiert sein, womöglich als der Körper auf den Tisch sackte.

Beim Sichten der Manuskripte musste der Inspector hin und wieder schmunzeln, einige der Verse waren wirklich höchst amüsant, für den Fall allerdings ohne Bedeutung.

»Constable! Kommen Sie ins Schreibzimmer!«

Constable Ashford betrat voller Elan das Zimmer … »Sie wünschen Sir?«

»Sie werden sich persönlich darum kümmern, dass dieser Raum verschlossen wird und auch bleibt. Niemand, außer mir, darf diesen Raum betreten. Niemand!«

»Ich werde mich sofort darum kümmern, Sir!«

»Achten Sie darauf, dass Ihnen sämtliche Schlüssel für das Schreibzimmer ausgehändigt werden. Sollte es einen Geheimgang geben, dann erwarte ich, dass Sie diesen bewachen!«

»Sir?«

»Ein Scherz Ashford, ein Scherz, aber sie verstehen, worauf ich hinauswill?«

Constable Ashford verstand die Andeutung des Inspectors restlos und kümmerte sich umgehend um die Absicherung des Tatortes, damit verließ Braunington Dawson Hall für diesen Tag und es war in der Tat ein langer Tag.

»Wurden Sie bereits vom Inspector befragt?«, wandte sich Lady Dawson an Miss Bryne im Flur des Obergeschosses.

»Ja Madame, ich denke, er hat sich vorrangig an mich gewendet, seinen grundlegenden, oberflächlichen Fragen zur Folge.«

»Wer hat Sir Dawson gefunden?«

»Das war ich Madame.«

»Haben Sie dazu noch etwas zu berichten?«

»Ich hatte nach Sir Dawson gesucht, als er nicht wie gewohnt sein Frühstück zu sich nahm. Ich fand ihn verstorben im Schreibzimmer vor, danach alarmierte ich die Polizei.«

»Ist sonst noch etwas während meiner Abwesenheit vorgefallen?«

»Nicht dass ich wüsste Lady Dawson.«

»Ich fühle mich den Umständen entsprechend nicht wohl und werde auf das Dinner verzichten.«

»Sehr wohl Madame, ich werde das Personal informieren, darf ich sonst noch etwas für Sie tun?«

»Nein, Sie können mit Ihrer Tätigkeit fortfahren.«

»Da wäre noch etwas Madame. Ich hoffe, es lag in ihrem Interesse, dass ich dem Inspector den Schlüssel zum Schreibtisch im Schreibzimmer übergab.«

»In diesem Fall ja, soweit mir bekannt, sind darin keine bedeutenden Unterlagen, welche Scotland Yard nichts angehen, in Zukunft ziehen Sie mich jedoch hinzu, bevor sie eine derartige Entscheidung treffen.«

»Sehr wohl Lady Dawson.«

Am Weg in die Küche konnte Miss Bryne die Unordnung, welche die Polizei hinterlassen hatte, nicht unbeachtet links liegen lassen. Sie eilte durch das Parterre und rückte Sitzmöbel wieder an ihren rechten Platz und wies das Personal an, den Fußboden der Eingangshalle gründlich zu säubern. Anschließend begab sie sich in die Bibliothek um auch dort noch einmal nach dem Rechten zu sehen. Ihr Blick fiel immer wieder auf die nun verschlossene Tür des Schreibzimmers. Als würde eine unsichtbare Kraft sie in das

Zimmer zerren wollen, um auch dort jegliche Unordnung zu beseitigen. Für sie war es eine Qual dies nicht erledigen zu können, so probierte sie, wohl wissend, dass die Tür verschlossen war, diese zu öffnen. Doch zu ihrem Bedauern war diese fest verriegelt. Von diesem Umstand etwas erzürnt begab sie sich in die Küche.

»Mrs. Millstone, ich soll Sie darüber in Kenntnis setzen, dass Lady Dawson heute auf das Dinner verzichtet.«

»Natürlich Miss Bryne, Sie werden ...«

»Nein, bemühen Sie sich nicht, ich werde ebenfalls verzichten, ich habe etwas außerhalb zu erledigen.«

»Wie Sie meinen Miss Bryne.«

Nachdem durch die Dinnerabsage die Küchenarbeit für diesen Tag erledigt war, beschloss Mrs. Millstone den Rest des Abends für sich zu nutzen und begab sich in den Garten. Die Köchin war derartige Vorfälle gewohnt, Situationen wie diese traten des Öfteren in Dawson Hall ein. Selbst wenn die Speisen bereits servierbereit im Esszimmer aufgetragen wurden, kam es immer wieder zu unangekündigten Änderungen des Tagesablaufes, wobei das Mahl damit wieder unangetastet in der Küche landete. Mrs. Millstone hatte dafür eine Lösung erarbeitet, denn das zurückgewiesene Essen durfte am Folgetag selbstverständlich nicht erneut der Herrschaft serviert werden. Weggeworfen wurde nur Ungenießbares – so traf sie eines Tages die Entscheidung, direkt mit Sir Dawson über das Thema zu sprechen. Auf die Bitte der Köchin erlaubte Sir Dawson, die unberührten Essensreste, wie er sie bezeichnete, der Köchin zur Verfügung zu stellen, sie könne damit machen, was sie wolle. In ihrem Heimatort, Little Milton gab es bedürftige Menschen, die dankbar jede Hilfe annahmen. Einer davon war Michael Rooney, der auf die schiefe Bahn geraten, allerdings ein hervorragender Tischler war. Er hatte schon viele Arbeiten für Mrs. Millstone erledigt und dafür köstliche Gaumenfreuden sondergleichen erhalten. Mal war es der Zaun, dann wieder das Gartenhäuschen, ein anderes Mal ein Balken des Dachstuhles, welcher reparaturbedürftig war. Auch an der Kirche hatte sich Rooney mit sehr guter Arbeit verewigt.

Little Milton liegt südöstlich von Oddington, ungefähr 30 Minuten mit dem Bus, oder zwei Stunden mit dem Fahrrad. Ein Fußmarsch wäre auch möglich, allerdings führt der direkte Weg durch das Oddington-Moor, welches, so sagen es düstere Erzählungen, bereits einige unglückselige Wanderer für immer unwiederbringlich verschluckt hat. Wie der Name bereits sprechend erwähnt, ist Little Milton ein kleines verträumtes Dorf, mit nur einer geringen Anzahl an Einwohnern. Prägend ist die St. James Church, welche im gotischen Stil vor 76 Jahren erbaut wurde und die Einwohner immer wieder gerne an Sonntagen in sich aufnimmt. Man könnte durchaus behaupten, dass als Treffpunkt, um Dorftratsch zu entfachen, die St. James Church erwählt wurde. Wobei ein Thema beinahe als Tabu galt, womöglich immer noch gilt, da es bei den Bewohnern schmerzhafte Erinnerungen hervorruft oder gar Ängste. Da gibt es unter anderem Jane Hoobster, eine attraktive junge Dame aus dem Hause der örtlichen Bäckerei. Als Bäckerstochter hilft sie im Betrieb mit und fungiert nebenbei auch als Brötchenlieferant im Ort. Dabei tuschelte die ältere Damenwelt ungebremst bezüglich der Kichereien, sobald ein junger Mann die Schönheit umwarb, oder sich gar zwei junge Sprösslinge, Edgar und Tyler, um die Gunst der Ersehnten rangelten. Es würde sich nicht schicken, sich derartig zur Schau zu stellen, konnte man zwischen den hübsch bepflanzten Vorgärten vernehmen. Doch die Jugend scherte sich nur wenig um das Getratsche, schließlich ging man jeden Sonntag in die Kirche, sozusagen als Gewissensbereinigung.

Mutproben zählten auch hier zu den geheimen Riten der Jugend, so bot sich eine Moordurchquerung als Zeugnis des Erwachsenseins an. Dazu gab es ein Regelwerk für die Tapferen. Um die Gunst des Milton-Geheimbundes zu erlangen, bedarf es einer Durchquerung des Moors bei Tageslicht. Diese Aufgabe hatte auch Jane Hoobster mit Bravour bestanden, sie führte sogar einen verirrten Wandersmann aus dem Moor heraus, welcher sichtlich am Ende seiner Kräfte angelangt war. Das Moor bietet zu Tageslicht, insofern an den Tagen zuvor kein Starkregen auf das Land niederging, mit gewisser Kenntnis und guter Orientierung einen recht einfachen Weg als sicheren Pfad. Es gilt die Angst zu überwinden, die seltsamen Geräusche, das Blubbern oder gar die letzten verzweifelten Laute eines verendenden Tieres lehrten einem das Fürchten, vom stellenweisen Gestank nicht zu sprechen. Edgar, der das Moor schon oft mit Leichtigkeit durchwanderte, sämtliche Wege kannte, wollte Jane seine Tapferkeit beweisen und sich nachts an das Abenteuer wagen. So beschloss er, als Zeugen seiner kühnen Tat je einen seiner Verbündeten an den Seiten des Moors zu postieren. Edgar begab sich nach und nach in das Dunkel der Nacht, der Mond begleitete ihn bei seinem hochriskanten Vorhaben, in voller Hoffnung, als Held seinen Schwarm zu erobern. Es kam, wie es kommen musste, Edgar wurde nie mehr gesehen. Auch einer seiner Wegposten, welcher sich vermutlich auf die Suche nach seinem abgängigen Freund begab, verschwand im Moor. Seither wurde der Geheimbund der Jugend aus Little-Milton von den Erwachsenen verboten, sodass dieser Bund noch geheimer wurde, als dieser schon war. Noch immer wird das Moor von Jungen und Mädchen durchquert um den Status des Ansehens der Heranwachsenden zu erlangen. Für die Jugend ein wichtiger Schritt für das Leben, für die Erwachsenen, die einst selbst das Moor durchquerten, ein Gräuel der ständigen Sorge. Betrachtet man die älteren Einwohner von Little Milton, so erkennt man eindeutige Sorgenfalten, die sich für immer im Gesicht der gequälten Eltern niedergelassen haben.

Kapitel 5 - Mrs. Millstone ermittelt

Mrs. Millstone schlenderte durch die aufwendig gepflegte Gartenanlage, nicht etwa, um sich die Zeit zu vertreiben, sondern um den
Gärtner ausfindig zu machen um ihn zu sprechen. Es erwies sich
als recht schwierig, denn die Gartenanlage erstreckte sich über eine
beachtliche Fläche. In gewisser Hinsicht war es am Ende doch ein
ausgedehnter Spaziergang, um den Gesuchten ausfindig zu machen, der sich im nördlichen Teil der Gartenanlage aufhielt und
dabei war, eine bereits gefällte Eiche in kamingerechte Scheite zu
verarbeiten.

»Hallo Chessley!«

»Oh, hallo Mrs. Millstone.«

»Haben Sie einen Moment Zeit Chessley?«

»Nun ja, ich muss noch den Baum zersägen, Miss Bryne hat mich
energisch dazu beauftragt, ich denke mir fehlt dazu die Zeit.«

»Ich habe Kuchen und Tee dabei Chessley.«

»Ja, Sie haben recht Mrs. Millstone, für eine Pause wäre jetzt der
richtige Moment.«

Chessley erstrahlte über das ganze Gesicht. In der Nähe stand ein
hübscher Pavillon, dort nahmen die beiden Platz und unterhielten
sich über den Garten, den gefällten Baum – ein Blitz war dafür
verantwortlich – bis Mrs. Millstone gekonnt auf ein anderes, für
sie wichtigeres Thema schwenkte.

»Furchtbar was im Haus passiert ist Chessley, nicht wahr? Was
halten Sie davon?«

»Ja, Sir Dawson war nicht ganz gesund, er hustete oft, das konnte
ich hören, besonders wenn das Fenster offen war. Er hustete einfach so. Er hatte keine Erkältung.«

»Das Fenster im Schreibzimmer?«

»Ja genau, das Fenster.«

»Sie waren wohl heute auch wieder sehr früh im Garten arbeiten, nicht wahr?«

»Ja, wie immer Mrs. Millstone, wie immer. Ich hatte viel zu tun. Das Wetter letzte Nacht hinterließ einige Schäden, obwohl kein starker Wind ging, auch kein Sturm. Also etwas ging der Wind schon, aber nicht stark. Es regnete sehr stark, der Kuchen schmeckt sehr gut.«

»Das freut mich, stand da auch das Fenster offen?«

»Oh nein, heute Morgen war es geschlossen, es hat ja geregnet in der Nacht. Sir Dawson hat es gestern Abend geschlossen, das habe ich gesehen.«

»Interessant, aber er hätte es später doch wieder öffnen können, nicht wahr Chessley?«

»Das glaube ich nicht, er hält es in der Nacht immer geschlossen, das macht er immer so. Ob ich noch ein Stück Kuchen haben könnte?«

»Natürlich Chessley, greifen Sie nur zu – noch Tee?«

»Danke, ja bitte. Sie sind immer so nett zu mir. Miss Bryne ist da ganz anders. Miss Bryne hat einen finsteren Blick. Sie haben einen netten Blick.«

»Miss Bryne meint es sicher nicht so, sie arbeitet viel und möchte das Haus sehr sauber halten. Sie ist gewiss nicht absichtlich böse zu Ihnen. Wenn ich mir den Garten so ansehe, Sie gehen so gekonnt mit den Pflanzen um, ich sehe das oft durch das Küchenfenster. Der Garten wird von Jahr zu Jahr schöner und schöner.«

»Ich mag den Garten, erst dadurch sieht das Haus schön aus. Ohne den Garten wäre es ein kaltes Mauerwerk aus einer gruseligen Sage. Ich mag keine gruseligen Sagen oder Geschichten, also gruselige Geschichten. Schöne Geschichten mag ich schon, aber keine gruseligen.«

»Ja da haben Sie recht Chessley, ohne diesen hübschen Garten fehlt dem Haus die Seele. Sir Dawson hielt die Fenster nachts immer geschlossen? Auch wenn es warm war? Wieso machte er das?«

»Wissen Sie Mrs. Millstone, Sir Dawson hatte immer wieder Schmerzen im Schulterbereich und im Nacken, er konnte keinen Windzug vertragen. Der Stuhl im Schreibzimmer steht doch direkt vor dem Fenster. Er griff sich sehr oft an den Hals und knetete ihn. Ich glaube auch, dass er oft Kopfschmerzen hatte. Er hielt sich oft den Kopf.«

»Jetzt wo Sie es erwähnen, finde ich es doch recht sonderbar, dass der Stuhl vor dem Fenster steht, sodass Sir Dawson der schönen Aussicht den Rücken kehrt und damit bei geöffnetem Fenster direkt dem Luftzug ausgesetzt ist.«

»Er wollte es doch so, ich musste letztes Jahr den Tisch umdrehen, ganz schön schwer war der. Er wollte, dass ich es sofort tue.«

»Hat er erwähnt, warum er den Tisch umstellen ließ?«

»Nein, er redet selten mit mir, er sagte nur, er hätte Sorgen, aber jetzt muss ich wieder weiterarbeiten, sonst ermahnt mich Miss Bryne. Danke für Tee und Kuchen Mrs. Millstone.«

»Gern geschehen Chessley, es war eine nette Plauderei. Ach, eines noch – ich wäre über einige Scheite Holz in der Küche sehr dankbar.«

»Wird erledigt!«

Jeffrey begab sich rasch umherschauend wieder an die Arbeit, sichtlich etwas ängstlich vor Miss Bryne.

Mrs. Millstone ging hingegen zurück zum Haus, besichtigte dabei den Bereich vor dem Fenster des Schreibzimmers. Sie konnte in der noch nassen Erde keine Schuhabdrücke feststellen, auch am Fenster waren keine Spuren eines Einbruches zu sehen. Sie streifte noch einige Zeit umher, bis sie sich wieder in die Küche begab, um etwas vom abgelehnten Abendessen zu sich zu nehmen, welches ohne Zweifel vorzüglich schmeckte. Den Rest verstaute sie sorgfältig im Vorratskeller, um ihn später den Bedürftigen von Little Milton zu überreichen. Sir Dawson hatte zwar einen Hang zum Nostalgischen in Bezug auf Einrichtung sowie Ambiente, andererseits war er ebenso an neuen Errungenschaften der Technik und Wissenschaft interessiert. Dies bekam auch Mrs. Millstone zu spüren, denn im Vorratskeller stand ein mit Ammoniak betriebenes ›Ungetüm‹, wie sie es bezeichnete. Ein Kühlschrank, der den typischen ›Eiskasten‹ in Dawson Hall ersetzte. Nun waren dadurch seit geraumer Zeit keine Eislieferungen mehr nötig, allerdings gab es hin und wieder Zwischenfälle mit dem ›Ungetüm‹, wodurch ein schrecklicher Gestank freigesetzt wurde. Mrs. Millstone nutzte den Kühlschrank zwar, traute der ratternden Maschine jedoch nicht im Geringsten über den Weg, dahingehend verpackte sie die Speisen sehr gut, bevor sie diese in den kühlenden Schrank legte.

Am nächsten Morgen wartete bereits der Bericht von Cown am Tisch des Inspectors, der den Tatort penibel untersucht hatte. Der Inspector warf sich sofort mit voller Energie über den Bericht. Er hatte auch an diesem Tag noch immer dieses seltsame Gefühl etwas übersehen zu haben, etwas sehr Wichtiges. Seite für Seite, Satz für Satz – er studierte den Bericht peinlichst genau und verglich diesen mit seinen Eindrücken vom Tatort – aber, bis auf einen kleinen Wachsfleck am Schreibtisch, welcher natürlich von der nebenstehenden Kerze stammte, war da nichts, was der Inspector nicht auch beobachtet hätte, oder sich durch Befragungen ergab. Natürlich war es Mord, doch es gab unzählige unbeantwortete Fragen über den Tathergang. Die Enttäuschung nichts Neues im Bericht gefunden zu haben, schlug umgehend auf das Gemüt des Inspectors; zum Leid der Anwesenden.

»Constable!«

»Constable!!«

»Sir?«

»Wo steckt Ashford?«

Der Constable versuchte stotternd seine Unwissenheit zu vertuschen und stammelte nur wenig Verständliches.

»Vergessen Sie es! Gibt es Neuigkeiten? Der Bericht von Dr. Cohl? Ist dieser eingetroffen?«

»Nein Sir, dies wäre erfahrungsgemäß auch vom Zeitfaktor unmöglich, außer Dr. Cohl hat die Nacht durchgearbeitet, aber selbst dann bezweifle ich, dass …«

»Es erstaunt mich, mir wäre nicht aufgefallen, Sie nach ihrer Meinung gefragt zu haben. Sonderbar, eine Antwort auf eine einfache Frage nach dem Aufenthaltsort eines Constable bereitet Ihnen Probleme, nicht aber eine Beurteilung über den Zeitaufwand, den ein Gerichtsmediziner benötigt, um eine Obduktion durchzuführen.«

»Verzeihung Sir, ich wollte nur …«

»Das wollen wir doch alle, nicht wahr? Sie können, natürlich nur wenn es ihre tiefsinnigen Überlegungen gestatten, eine Runde um die Häuser drehen und nach dem Rechten sehen, Constable. Vielleicht läuft Ihnen ja ein Serienmörder über den Weg, den Sie um ein Autogramm bitten könnten.«

»Natürlich Sir, ich ...«

»Noch etwas, ich benötige die Adresse sowie den Arbeitgeber von einer gewissen Abigail Larn.«

»Sehr wohl, Sir!«

Der Constable verließ blitzartig das Büro, um sich der minütlich verschlechternden Laune des Inspectors zu entziehen.

Kaum widmete sich dieser wieder dem Bericht, öffnete sich knarrend die Tür zu seinem Büro.

»Habe ich Ihnen nicht gesagt Sie sollen das Weite suchen?«

»Oh! Das wäre mir neu Inspector.«, antworte Mrs. Millstone in voller Ruhe ein wenig belustigt.

»Mrs. Millstone! Verzeihen Sie mir, ich dachte der Constable … wie auch immer, was führt Sie zu uns? Haben Sie es sich überlegt und möchten mir nun doch etwas mitteilen?«

»Ich habe gründlich, in aller Ruhe darüber nachgedacht und bin zu dem Entschluss gekommen, Sie so weit wie es mir möglich ist, in diesem Fall zu unterstützen.«

Inspector Braunington saß in seinem unbequemen Stuhl, stützte die Ellbogen auf den mit einer Flut an Papieren übersäten Schreibtisch, zog die Augenbrauen nach oben und meinte verblüfft: »Wie, Was?«

»Inspector, Sie denken nicht im Geringsten an Selbstmord, oder? Ein Unfall steht sowieso nicht zu Diskussion. Sehen Sie, ich teile diesen Verdacht. Sir Dawson wurde ermordet, das liegt ganz klar und unmissverständlich auf der Hand, darüber ist jeder Zweifel erhaben. Da mir dies erst diese Nacht, nach reichlichen Überlegungen bewusst wurde, stehe ich heute vor Ihnen und werde alles erzählen, alles was ich über die Dawsons sowie die in Dawson Hall befindlichen Bediensteten in Erfahrung gebracht habe.«

»Was ist geschehen? Wer oder was ist verantwortlich dafür, dass Ihre Sorge als Klatschtante bezeichnet zu werden, verschwunden ist?

Mrs. Millstone antwortete voller Überzeugung: »Das Fenster und das Gemüse Inspector!«

»Mrs. Millstone, wenn das ein Scherz sein soll, dann leisten Sie doch bitte dem Constable, der eben nach draußen geflohen ist, Gesellschaft und ...«

»Nein, es ist mir todernst Inspector, todernst!«

»Nun, dann, ich bin ganz Ohr! Erzählen Sie mir vom Fenster – aber vergessen Sie um Himmels willen das Gemüse nicht!«

Mrs. Millstone warf dem Inspector kopfneigend einen ermahnenden Blick zu, legte ihren Mantel ab und machte es sich bequem, soweit dies auf dem Holzstuhl der seine besten Jahre bereits weit hinter sich gelassen hat, denn möglich war.

»So, ich muss nun etwas ausschweifen. Der junge Edward war einige Wochen beerdigt, als ich erkrankte. Eine Grippe hatte mich an das Bett in Dawson Hall gefesselt. Ich wurde von Mrs. Westerly in der Küche vertreten. Sie ist Köchin im Nachbarhaus müssen Sie wissen, Lake House. Die Herrschaft war einige Tage verreist, da bot es sich an, dass Mrs. Westerly einstweilen die Küche von Dawson Hall übernahm. Es waren, wenn ich mich recht entsinne, drei Tage vergangen, mir ging es immer noch sehr schlecht – hohes Fieber und die Knochen schmerzten, der Hals brannte, ich war an das Bett gefesselt. Allerdings sollte es noch schlimmer werden, aber nicht für mich. Am frühen Morgen des nächsten Tages gab es einen Disput, ein Geschimpfe, es wurde gestritten und geschrien, ein Arzt war auch im Haus, dieser war bereits in der Nacht eingetroffen. Chessley, der Gärtner, holte den Arzt auf Verlangen von Sir Dawson. Wie ich Stunden später erfuhr, ich war zu schwach um aufzustehen und nachzusehen, litten beinahe alle an den Symptomen einer Vergiftung, besonders Sir Dawson, ihn hat es am schlimmsten erwischt. Der Arzt hatte als Ursache der Vergiftung das Gemüse identifiziert.

»Das Gemüse sagen Sie? Das Gemüse war vergiftet?«

»Nicht direkt vergiftet Inspector. Das Gemüse wurde nicht vergiftet, sondern war giftig. Wussten Sie, dass die Salatgurke, in deren ursprünglichen, natürlichen Form, giftig ist?«

»Ehrlich gesagt habe ich davon noch kein Wort gehört. Können Sie dies näher erläutern Mrs. Millstone?«

»Der Bitterstoff Cucurbitacin kann in entsprechender Dosis tödlich sein, hier spielt der körperliche sowie gesundheitliche Zustand der Person natürlich auch eine Rolle, dennoch ist hier Vorsicht im höchsten Maße geboten. Erst eine Zucht hat das Kürbisgewächs von dem Bitterstoff befreit, aber es ist natürlich immer noch möglich, die ursprüngliche Form zu züchten, es kann auch unbeabsichtigt passieren, von Kreuzungen ganz zu schweigen. Der bittere Geschmack ist im Normalfall ein unübersehbares, sagen wir doch besser ›unüberschmeckbares‹ Warnsignal, allerdings war das Gemüse sehr stark gewürzt und mit viel Knoblauch und etwas herzhaftem Chili sowie Zucker versehen, mit einem Tupfer Minze, sodass diese Warnung der Natur übertönt wurde. Der damalige Ermittler, Sie kennen ihn, konnte jede Absicht von der Köchin Mrs. Westerly abwenden, Sie war mit Sicherheit unschuldig. Damals machte sich niemand weitere Gedanken über diesen Vorfall, nur Sir Dawson war ab diesem Zeitpunkt sehr skeptisch und sensibilisiert in Sachen Bitterstoffe. Er warf das Essen beim geringsten Verdacht in den Müll – er hatte fürchterliche Magenkrämpfe nach der Vergiftung, das hat ihn geprägt. Auch ließ er den kleinen Gemüsegarten des Gärtners planieren, obwohl die verarbeiteten Gurken angeblich vom Markt stammten.«

»Das ist in der Tat interessant Mrs. Millstone, fahren Sie fort!«

»Ja, ich denke, das war ein gezielter Mordversuch Inspector, dies wurde mir in der Nacht von gestern auf heute, aufgrund der aktuellen Vorkommnisse, klar.«

»Sie sagten eben, dass Sir Dawson nicht nur einmal das Essen auf Verdacht wegwarf?«

»Richtig, ich kann allerdings nicht sagen, ob aus Überempfindlichkeit, Angst, oder einfach, weil es vergiftet oder giftig war. Ich habe den Verdacht, dass etwas schiefging, womöglich war die Dosis zu gering oder aber es fehlte ein weiterer Schritt. Schlampigkeit ist auch eine Möglichkeit, allerdings würde ich darauf nicht allzu viel Hoffnung setzen.«

»Sie als Köchin erwägen, dass Ihr Essen vergiftet war?«

»Für eine der Personen auf Dawson Hall wäre es ein Leichtes ein Gift in das Essen oder gar das Trinken zu mischen – zum Beispiel beim Servieren, oder ein Gast, es sind hin und wieder Gäste in Dawson Hall, selten, aber immerhin.«

»Da haben Sie natürlich recht.«

»Und wenn ich richtigliege, dann war der Mörder diesmal erfolgreich, ich habe dabei das dumpfe Gefühl, dass der Mörder noch einmal zuschlagen wird.«

»Wie kommen Sie auf den Gedanken?«

»Sehen Sie, das Fenster ...«

Inspector Braunington unterbrach Mrs. Millstone: »Ja, das Fenster, damit stimmt etwas nicht, ich vermute, es wurde geöffnet, als Sir Dawson bereits tot war.«

»Sie liegen mit ihrer Vermutung richtig Inspector. Chessley, der Gärtner, hat es gesehen.«

»Er hat gesehen, wer das Fenster geöffnet hat?

»Leider nicht, er hat gesehen, wie das Fenster zur frühen Morgenstunde geschlossen war. Ich hatte gestern ein kurzes Gespräch mit Chessley, zufällig, als ich ihn im Garten, bei einem Spaziergang, antraf. Somit ist klar, jemand hat den Raum gelüftet, aber wozu? Und wieso hat dieselbe Person, wenn es denn der Mörder war, das Fenster nicht wieder geschlossen, bevor die Ermittler eintrafen? Sollte jemand das Fenster beim Leichenfund geöffnet haben, warum hat diese Person es dann verschwiegen? Das ist doch außerordentlich seltsam, nicht wahr? Es könnte so weit kommen, dass der Mörder gestört wurde und nun erpresst wird. Da liegt der Gestank einer weiteren Leiche praktisch schon in der Luft.«

»Wir werden in dieser Sache ausführlich ermitteln, ich halte dies für einen sehr wichtigen Punkt in dieser Angelegenheit. Was haben Sie sonst noch zu berichten?«

»Als wir uns letztens unterhielten, Sie erinnern sich, ich machte eine Bemerkung von wegen, ›wer Genaueres wüsste‹, ob etwas zwischen Miss Bryne und Edward Dawson vorgefallen sei?«

»Selbstverständlich, Sie haben einen Namen?«

»Elster hieß die junge Dame, soweit ich mich erinnern kann – Elster Canning. Sie wohnte damals im Lake House, hatte die beiden eines Tages beobachtet, Sie müssen mit ihr sprechen Inspector, ich befürchte, sie ist in großer Gefahr.«

»Elster Canning, Elster, den Namen habe ich doch erst vor kurzen gehört. Ich werde Constable Ashford damit beauftragen. Miss Canning haben wir im Handumdrehen hier, insofern sie sich nicht im Ausland befindet. Wieso soll die Dame in höchster Gefahr sein?«

»Ich kann Ihnen das nicht wirklich sagen, ist so ein Gefühl. Ich habe irgendwie den Eindruck, dass Elster in dieser Sache eine Rolle spielt. Welche ist mir noch nicht klar. Mein Bauchgefühl sagt mir aber, dass sie womöglich in Gefahr ist. Es sind vielleicht Bilder aus der Vergangenheit, Beobachtungen, die ich aktuell noch nicht wirklich in Worte fassen kann, sondern nur, deren Bedeutung erahne. Schwierig dies zu beschreiben, aber irgendetwas bereitet mir Sorge.«

»Ich verstehe schon, die Frauen und das Bauchgefühl, wir gehen der Sache natürlich nach.«

»Was denken Sie Inspector, wer könnte es getan haben, und wie?«

»Noch verbirgt sich der Täter im Dunklen, aber ich denke, Miss Bryne hat nun einigen Erklärungsbedarf. So wie sich die Sachlage aktuell entwickelt, sieht es um Miss Bryne nicht gut aus. Sie rückt mehr und mehr ins Rampenlicht. Ich werde sie umgehend aufsuchen, aber zuerst kümmern wir uns um diese Miss Canning.

Ha! Natürlich! Jetzt erinnere ich mich! Elster!

Falls Sie nichts mehr zu berichten haben, möchten Sie mich entschuldigen. Wenn doch, dann heben Sie es für später auf, ich komme auf Sie zu.«

»Vorerst gibt es nichts Weiteres zu berichten, aber ich …«

»Guten Tag Mrs. Millstone.«

Der Inspector schoss bei der Tür hinaus und ließ Mrs. Millstone nachdenklich im Büro zurück.

»Constable, kommen Sie mit und nehmen Sie drei Kollegen an der Hand. Wie lautete noch mal die Privatadresse von Miss Bryne?«

Mrs. Millstone sah sich eine der Wände im Büro von Inspector Braunington genauer an. Er hatte begonnen den Fall zu visualisieren und Verdächtige aufzulisten. Viele offene Fragen wurden aneinandergereiht mit mehr oder weniger vielen Ausrufe- und Fragezeichen, besonders stach Miss Bryne dabei hervor. Mrs. Millstone entdeckte einen Notizblock, welcher ihre neugierige Nase regelrecht zu necken schien, als sich ruckartig die Bürotür öffnete und ein Mann hereintrat.

»Chessley! Was suchen Sie hier?«

»Hallo Mrs. Millstone, Inspector Braunton ist nicht da?«

»Braunington, Inspector Braunington, nein, er ist nicht hier. Kann ich vielleicht weiterhelfen? Was führt Sie in das Büro des Inspectors Chessley?

»Ich denke nicht, nein, was? Es ist nicht wichtig, ich denke, ich meine, also, ich komme nächste Woche wieder vorbei oder in einem Monat, ja Monat.«

»Ist denn alles in Ordnung Chessley?«

»Ja, ja, alles gut, ich wollte nur, es ist schwierig in Dawson Hall, ich kann nicht so sprechen.«

»Das ist doch kein Problem Chessley, sie sind ein guter Gärtner und das ist wohl das, was einen Menschen ausmacht. Es ist nicht das Wort das zählt, es ist die Tat.«

»Wenn Sie meinen Mrs. Millstone, nun, ich gehe dann wieder, auf Wiedersehen.«

»Auf Wiedersehen Chessley, ich begleite Sie noch hinaus, haben wir nicht denselben Weg zurück nach Dawson Hall?«

»Ja das stimmt wohl.«

Die beiden beschritten miteinander den Weg zurück nach Dawson Hall, wobei Mrs. Millstone versuchte Chessley noch weitere Informationen zu entreißen. Der Erfolg blieb ihr bis auf eine Ungereimtheit aus, dass Sir Dawson vor etwas, womöglich auch jemandem, Sorge oder gar Angst hatte. Er erwähnte es bereits im Garten, als er eines Tages den Schreibtisch umstellen musste. Für Mrs. Millstone lag nun auf der Hand, dass Sir Dawson sehen wollte, wer das Zimmer betrat, in dem er seine Verse und Geschichten verfasste. Zuvor saß er mit dem Rücken zur Zimmertür. Es wäre einem Eindringling damit ein Leichtes, sich von hinten heranzuschleichen. Das erklärt die Sorge, die Angst. Nur, da wo Angst im Spiel ist, steckt noch mehr dahinter. Vor wem hatte er Angst und warum?

Kapitel 6 - Das Haus in Oxford

Angekommen in Oxford, Stanley Road 7, sah Inspector Brauningtonn Constable Ashford erstaunt mit hochgezogenem Mundwinkel und halbzugekniffenem Auge an. Er hob die rechte Hand, deutend auf das Haus, er war fassungslos. Sein Gesichtsausdruck, seine Gestik sprach Bände, als sie das Haus von Miss Bryne erblickten.

»Das soll also das Haus einer Haushälterin sein?«, verschlug es dem Inspector die Sprache.

Das Bryne Haus, erbaut 1868, traditionell aus roten sowie sandsteinfarbigem Klinker. Drei Etagen strecken sich samt Mansarde in die Höhe, wobei es einen weiteren Stock nach unten geht, ins Erdreich, die Fenster ragen wenig über den Boden, hinter einer zierlichen Böschung, heraus. Der Eingang befindet sich mit Stufen versehen an der rechten Seite und führt zu einem außenliegenden Windfang, der den Haupteingang vor Wettereinflüssen schützt. Mittig an der Front ist ein Runderker platziert, der eine gemütliche Ecke erahnen lässt, dieser erstreckt sich von der Bodenplatte bis in die erste Etage. In der zweiten Etage wird das Dach des Erkers als kleine Terrasse genutzt. Weiße Rundbogen-Fensterrahmen verzieren die Front, Giebelfenster schmücken das Dach. Links, wie auch rechts führt ein schmaler Weg in den Garten, welcher sich hinter dem Haus befindet.

Constable Ashford begab sich mit zwei weiteren Constables über die Stufen zum Haupteingang, Inspector Brauningtonn folgte, immer noch stark verblüfft über das Besitztum von Miss Bryne.

Ashford klopfte, doch es rührte sich nichts, er versuchte es erneut.

»Scheint niemand da zu sein, Inspector.«

»Möglich, oder auch nicht. Falls wir hier wirklich richtig sind, ich kann es kaum glauben. Versuchen Sie es noch mal, aber mit

Dampf und Sie gehen nach hinten in den Garten, falls denn da ein Garten ist.«

Constable Ashford klopfte energisch an der Tür, während einer seiner Kollegen eine Runde um das Haus beschritt und dabei einen Blick durch ein Fenster warf, bereits unter Beobachtung der neugierigen Nachbarschaft.

»Inspector! Kommen Sie, sehen Sie mal durchs Fenster!«

Der Inspector eilte die Stufen hinab zum Police Constable, welcher vor dem Erker durch eines der Fenster nach unten in das Untergeschoss blickte.

»Verdammt! Ashford, brechen Sie die Tür auf, sofort!«

Im Handumdrehen brach dieser gekonnt die Tür auf und stürmte ins Innere. Ein übler Geruch bohrte sich in die Nasen aller Anwesenden, je weiter sie ins Untergeschoss voranschritten.

Eine Frau lag erstochen, mit dem Bauch am Boden liegend auf einem von Blut getränkten Teppich.

»Öffnen Sie umgehend die Hintertür im Erdgeschoss sowie alle Fenster, die Sie finden können!«, murmelte der Inspector durch ein vor Mund und Nase gehaltenes Taschentuch. »Das ist ja ein abscheulicher Gestank! Nichts wie raus hier!«

Eben das Haus eilig verlassend, meinte Ashford: »Ob das Elster Canning ist?«

»Vermutlich, vermutlich. Verdammt! Ärgerlich, allerdings treibt dies die Lösung des Falles womöglich voran ... oder auch nicht.«

»So wie ich es die wenigen Momente erfassen konnte, deutet nichts auf einen Raub hin; Sir.«

»Natürlich nicht, hier haben wir es mit einer Zeugenliquidation zu tun, das Opfer kannte den Täter vermutlich nur zu gut, davon bin ich überzeugt. Sichern Sie den Tatort ab, auf der Straße stehen schon neugierige Nasen, schicken Sie die Leute weg.«

Der Inspector stand vor der Eingangstür und wartete einen Augenblick, bis sich der hartnäckige Geruch der Verwesung etwas gelegt hatte, da erspähte er auf dem gegenüber liegenden Gehweg Dr. Cohl, der aus Haus Nummer acht gekommen war.

»Dr. Cohl! Kommen Sie doch bitte!«

»Inspector? Was machen Sie denn hier, Sie haben doch nicht etwa ...«

»Doch, doch – sehen Sie selbst. Aber Vorsicht, die ist nicht mehr ganz frisch. Was machen Sie hier?«

»Mr. Obley, gleich gegenüber, Herzinfarkt, 92 Jahre, das kann man als langes, vermutlich glückliches Leben bezeichnen.«

Dr. Cohl betrat das Haus mit einem Taschentuch vor Nase und Mund, der Inspector tat es ihm gleich.

»Was sagen Sie? Wie lange ist die schon tot?«

Dr. Cohl schritt vorsichtig um den Leichnam herum, betrachtete diesen eingehend, bückte sich immer wieder, er versuchte, möglichst viele Details zu erfassen.

»Hm, ich würde sagen, ein bis zwei Wochen – vorerst jedenfalls. Der Geruch, sowie der Zustand der Leiche lässt darauf schließen. Von hinten erstochen, mehrere Einstiche. Drei, vier, fünf, ... acht Einstiche unterschiedlicher Tiefe. Der eine seitlich am Hals hätte eigentlich schon ausgereicht, möchte ich behaupten. Vermutlich von einem Rechtshänder verübt anhand des Eintrittswinkels des massiven Einstiches an der linken Seite des Halses. Das Opfer hielt sich vergebens die Wunde zu, dem Handabdruck am Hals zu schließen und der blutigen Handfläche, während das Blut unaufhörlich aus der Halsschlagader strömte. An welcher Stelle zuerst eingestochen wurde, lässt sich nur schwer feststellen, Hals oder

Rücken, vermutlich Hals. Was haben wir denn da? Sehen Sie Inspector, da wurde ein Ring vom Finger der linken Hand entfernt. Blutspuren und die blasse Haut deuten jedenfalls darauf hin, dass da vor Kurzem noch ein Ring am Finger steckte.«

»Ah ja, ich sehe, hmmm ob da ein in Rage geratener Liebhaber ein unvergessliches Zeichen gesetzt hat?«

Dr. Cohl bat den Inspector, ihm dabei zu helfen, die Leiche zu wenden, sodass er einen Blick auf Brust, Bauch sowie das gesamte Gesicht werfen konnte. Der Inspector, besorgt seine Kleidung betrachtend, packte widerwillig mit an. Doch es stellte sich als äußerst schwierig heraus, denn die Leiche klebte an der eingetrockneten Blutlache am Teppich fest, sodass sich dieser um den Körper der Toten wickelte, bei dem Versuch die Dahingeschiedene zu wenden. Dem Inspector erging es dabei nicht sonderlich gut, als der Doktor mit einem Ruck versuchte die Verbindung zum Teppich zu lösen.

»Das muss doch klappen … haben Sie vielleicht Lust, mit mir am Abend zu Bridges auf ein verdientes Ale zu gehen? Da soll es unter anderem ein köstliches Steak geben, mein Magen würde sich über diese Aussicht erfreuen – medium versteht sich. Hartnäckig dieser Teppich! Na also, das haben wir geschafft, mal sehen.«

»Sie haben vielleicht Nerven Doktor! Jetzt an Essen zu denken, noch dazu an ein Steak – medium, Sie berühren das wohl nicht mehr, oder? Allerdings, ein gutes Bier kann nicht schaden. Wir werden sehen.«

Inspector Braunington kontrollierte sofort den Zustand seiner rubinroten Schuhe, seiner Hose sowie dem anthrazitfarbenen Jackett, welches er mit Bedacht an den Ärmeln nach Flecken untersuchte.

»Ist Ihnen die Tote bekannt Inspector?«

»Nun ja, alles deutet darauf hin, dass dies Elster Canning ist, das Haus gehört Miss Bryne – Sie wissen, von Dawson Hall.«

»Ah, oh … eine Verwechslung? Ich könnte mir vorstellen, dass jemand Miss Bryne …«

»Ich verstehe Sie schon Doktor, aber das denke ich nicht, ich meine doch eher, hier handelt es sich entweder um eine leicht aus dem Ruder geratene Beziehungskrise, oder um eine kaltblütige Liquidierung eines Zeugen.«

»Verstehe, Sie haben also einen kniffligen Fall mit den Dawsons am Hals?«

»So kann man es bezeichnen. Wer hätte das gedacht. Als ich gestern Morgen in Dawson Hall eintraf, deutete noch alles auf einen Herzinfarkt hin. Ein natürlicher Tod eines kranken Mannes, noch nicht im hohen Alter, welches dafür gepasst hätte, aber den Umständen entsprechend dahingeschieden und voreilig durch eine Bedienstete gemeldet. Wo stehen wir jetzt? Wenige Stunden später? Ein Vergifteter, eine ominöse, kaltherzige Gesellschaft voller Verdächtiger sowie einer hingerichteten weiblichen Person, halb verwest, welche noch dazu am Teppich festklebte, widerlich, das muss doch nicht sein.«

»Ja, da haben Sie sich in eine nette Geschichte hineinkatapultiert, aber es könnte schlimmer sein.«

»Schlimmer? Was fehlt Ihnen denn noch in diesem Spiel?«

»Das verheulte Dienstmädchen, welches die Leiche gefunden hat!«

Inspector Braunington warf dem Doktor einen hämischen Blick zu, er war nicht in der Stimmung auf die Scherze von Cohl einzugehen.

»Nichts für ungut Inspector, das mit dem Dienstmädchen ist mittlerweile auch zu mir durchgedrungen. Ashford ist ein guter Mann, er kann ja auch nichts dafür, dass diese hübschen Sirenen sonst immer die ersten am Tatort sind. Wenn Sie mich entschuldigen, ich schaue mir das Opfer nun etwas genauer an.«

Inspector Braunington untersuchte einstweilen die Räumlichkeiten. Das Haus von Miss Bryne war hübsch möbliert und im höchsten Maße sauber und ordentlich. Am Kaminsims standen Fotos junger Männer, sogar ein kleines Gemälde mit ähnlichen Gesichtszügen. Die Küche, man möchte meinen noch nie benutzt, allerdings stand der Backofen offen. Sie wollte sich wohl etwas zubereiten, kurz bevor sie ermordet wurde, jedoch ist ansonsten nichts hergerichtet oder vorbereitet. Sämtliche Zutaten sind verstaut, keine Schüssel oder anderes Küchengeschirr steht am Tisch oder auf einer Ablage. Kein einziger Brotkrümel in den Ecken, keine Krümel in den Schubladen, der Inhalt der Laden wurde systematisch ausgerichtet und sortiert.

»Constable, achten Sie auch darauf, dass niemand durch die Hintertür ins Haus gelangt!«

»Sehr wohl Inspector, ein Mann ist bereits hinten postiert, ein weiterer am Haupteingang.«

»Sagen Sie Doktor, finden Sie es nicht höchst ungewöhnlich hier?«

»Was meinen Sie?«

»Ich meine, hier ist es noch steriler als auf Dawson Hall. Nun gut, die wenigen Staubpartikel lassen darauf schließen, dass seit circa zwei Wochen, in Anlehnung an Ihre Angabe bezüglich des Todeszeitpunktes, niemand mehr hier war, zumindest niemand, der einen Putzfimmel hat.«

»Meine Frau putzt auch gerne Inspector, ist für mich somit keineswegs ungewöhnlich.«

»Das verstehe ich ja noch, aber wenn Sie mit der Toten für das Erste fertig sind, so werfen Sie doch einmal einen Blick in die Küche, dann werden Sie mich verstehen.«

»Helfen Sie mir die Leiche wieder umzudrehen?«

Der Inspector stellte sich dabei nun wesentlich geschickter an, als beim ersten Mal, obschon er nicht glücklich dabei aussah.

»Also Doktor, ich muss Ihnen gestehen, da sind mir die frisch Erschossenen bei Weitem lieber.«

»Wem sagen Sie das, erinnern Sie sich an die Tote in der Themse? Das war doch mal was, sah aus wie ein Schwamm und es fehlte ein Teil des …«

Da wurde Dr. Cohl vom Constable lautstark unterbrochen: »Inspector, eine Nachbarin möchte mit Ihnen sprechen.«

»Nicht jetzt Constable, nicht jetzt, nehmen Sie ihre Daten auf, ich kümmere mich später darum. Haben Sie noch etwas entdeckt Doktor?«

»Nein, ein energischer Kampf hat nicht stattgefunden, keine Spuren von anderweitiger Gewalt. Ich kann keine Merkmale entdecken, welche darauf schließen lassen, dass sich das Opfer zur Wehr gesetzt hätte. Was haben wir denn da? Seltsame Narbe.«

»Wo? Welche Narbe?«

»Hier, am Handrücken der linken Hand. Sieht aus wie verätzt. Das muss ich mir später noch näher ansehen.«

»Constable, veranlassen Sie den Leichentransport! Erkundigen Sie sich, wo Cown bleibt.«

Dr. Cohl begab sich, wie vom Inspector gewünscht, in die Küche und warf einen Blick in die Laden und Kästen.

»Haben Sie die Küche gesehen Doktor?«

»In der Tat, eigenartig. Was schließen Sie daraus Inspector?«

»Das Haus war möglicherweise unbewohnt, stand womöglich zum Verkauf, die Tote wurde hierhergelockt, ein Treffen unter Freunden, wenn Sie so möchten und anschließend ermordet.«

»Haben Sie ein Motiv parat?«

»Durchaus! Ein Motiv habe ich doch fast immer parat – Erpressung, betrogener Partner, … aber das werden wir noch überprüfen.«

»Mein Angebot steht Inspector, heute Abend zu Bridges? Gegen sechs Uhr?«

»Von mir aus, wir treffen uns dort. Jetzt habe ich noch ein Gespräch mit den Nachbarn zu führen, vielleicht ist etwas Brauchbares dabei.«

Ein Constable führte Inspector Braunington zu der Nachbarin, die ihn sprechen wollte. Eine schlanke Frau mittleren Alters. Glattes, graubraunes Haar zu einem unordentlichen Zopf zusammengebunden. Dunkle Stoffstrümpfe verbargen ihre Beine, welche darunter gewickelt zu sein schienen.

»Sie sind Mrs.?«

»Marie Reid, Inspector.«

»Sie wollten mich sprechen? Nun, was haben Sie zu berichten?«

»Ich konnte beobachten, ich war im Vorgarten beschäftigt, wie diese Bryne vor fünf Tagen das Haus betrat und wenige Momente darauf wieder fortging. Sie wirkte verstört, ehrlich gesagt wirkte sie beängstigend auf mich, als hätte sie eine schreckliche Tat begangen. Ich habe sie genau gesehen Inspector.«

»Sie sagen vor fünf Tagen, um welche Uhrzeit?«

»Es muss so gegen sieben Uhr am Abend gewesen sein. Ich blickte ungefähr zehn Minuten später auf die Standuhr in meinem Haus, da war es zehn Minuten nach sieben.«

»Hat sie irgendetwas gesagt? Hat sie Ihre Anwesenheit bemerkt?«

»Weder noch Inspector, ich hatte den Eindruck, als würde sie ihre Umgebung nicht weiter interessieren oder gar wahrnehmen.«

»In welche Richtung ist sie gegangen? Aber, versuchen Sie sich genau zu erinnern, wie sie gegangen ist, ihr Gangbild, können Sie sich daran erinnern?«

»Da, die Straße runter, sie verschwand irgendwo da hinten. Wie sie gegangen ist, langsam, unachtsam, steif wie ein Brett, aber so geht die doch immer.«

»Mrs. Reid, wo genau haben Sie gestanden, zeigen Sie es mir bitte.«

Mrs. Reid führte den Inspector zu dem exakten Punkt, an dem sie Miss Bryne beobachtete – mitten im Vorgartenbeet.

»Sie sahen also, wie Miss Bryne in Richtung Hauseingang ging, die Tür selber konnten Sie von dieser Position ja nicht erblicken, wie Sie feststellen.«

»Ich konnte doch hören wie sie die Tür geöffnet und etwas später wieder geschlossen hat.«

»Aber ob sie das Haus betreten hat, oder nur an der Schwelle stand, konnten Sie nicht sehen, korrekt?«

»Nun ja, ja, also, wenn Sie es so betrachten, dann konnte ich es nicht eindeutig sehen, aber ich habe es gehört und dann ging sie weg. Was macht das auch für einen Unterschied?«

»Möglicherweise sogar einen gewaltigen Unterschied. Ob man nun sieht, dass jemand ins Wasser springt oder nur das Platschen hört …«

»Ich verstehe Inspector, ich bin ja nicht …«

»Ich danke Ihnen Mrs. Reid. Ein Constable nimmt ihre Aussage in Kürze zu Protokoll.«, hielt sich der Inspector kurz und drehte Mrs. Reid den Rücken zu.

Anschließend eilte er wieder zurück ins Haus und sah sich um. Im Untergeschoss war die Küche sowie das Esszimmer, in dem die Tote lag. Er öffnete die Küchenschubladen, blickte in die Kästen, wischte immer wieder mit der Hand über die Flächen und wunderte sich über die Sauberkeit. Die offene Klappe des Küchenherds ergriff erneut das Interesse des Inspectors. Warum stand die Klappe offen? Da entdeckte er, dass der Gasregler voll aufgedreht war, es strömte jedoch kein Gas aus. Der Gaskessel musste somit komplett leer sein. Sie hatte keine Gelegenheit das Gas abzudrehen. Sie wurde womöglich von hinten überrascht, dann wäre der Mörder möglicherweise Linkshänder. Er verwarf diese Theorie jedoch schnell wieder, da in der Küche keinerlei Merkmale eines Kochvorganges zu sehen waren. Es könnte dahingehend auch der Mörder gewesen sein, der das Gas aufdrehte. Schlauer Gedanke, damit wäre der Todeszeitpunkt schwerer festzustellen. Da das Opfer erstochen wurde, rutschte natürlich die Messerlade sowie der Messerblock in den Fokus. Die Tatwaffe war nicht aufzufinden – ob nun ein Messer fehlte, konnte der Inspector nicht feststellen, es gab einige davon in verschiedenen Größen. Den Inspector quälte plötzlich ein Gedanke: Was wäre, wenn der Mörder das Messer gesäubert und wieder zurückgelegt hätte. Eine mögliche Variante, wenn doch etwas unüblich. Von der Küche führte die Hintertür einige Treppen hoch in den Garten hinter das Haus. Eine weitere Tür führte in das Badezimmer samt Toilette, welche strahlend weiß verfliest war. Einen Stock höher im Erdgeschoss befand sich das Arbeitszimmer sowie ein Wohnbereich und ein Gästezimmer. Am Kamin im Wohnbereich stand unter anderen dekorativen Dingen ein Foto eines jungen Mannes, welcher ähnliche Gesichtszüge aufwies, wie die abgebildete Person auf den Bildern im Esszimmer. Der Bilderrahmen hatte zum Erstaunen des Inspectors etwas Staub angesetzt. Einen weiteren Stock höher waren zwei Schlafräume sowie Bad und Toilette. Der Inhalt eines Kleiderschrankes verriet dem Inspector, dass hier dennoch jemand wohnte, das Schlafzimmer im ersten Stock war belegt, durch eine Frau, vermutlich Miss Bryne oder Miss Canning. Beide hatten annähernd dieselbe Größe, daher war dies nur schwer festzustellen. Der Inspector war dennoch skeptisch, wie konnte man nur so wohnen, alles an seinem Platz, nichts liegt herum. Sauberkeit, Ordnung mochte dem Inspector natürlich vertraut sein, aber in diesem Maße wirkte es eher abstrakt auf ihn. Er ging zurück in das Erdgeschoss, setzte sich an den runden Tisch und überlegte:

Ist eher ein Beziehungsstreit oder eine Zeugenliquidation die Ursache für den Mord? Könnte es einen ganz anderen Grund geben?

Hängen die beiden Fälle zusammen, oder nur ein Zufall? Möchte womöglich jemand, dass es so aussieht, als gäbe es einen Zusammenhang? Wer käme in Frage, insofern es Miss Canning ist, davon ist auszugehen.

Miss Bryne ist hauptverdächtig, vorerst. Ein unbekannter Liebhaber? Womöglich der junge Mann auf dem Foto? Der entnommene Ring deutet möglicherweise darauf hin, könnte aber auch eine falsche Fährte sein. Wieso fehlt die Tatwaffe? Was steckt dahinter?

»Constable, ja Sie! Durchsuchen Sie den Garten nach Spuren, besonders nach frischen Schuhabdrücken und gegebenenfalls nach einem Messer, einem Küchenmesser, Sie verstehen? Übrigens, riegeln Sie den Tatort ab, das Haus wird nur noch durch Scotland Yard betreten.«

Einer der Constables machte sich auf die Suche, bald folgten ihm drei weitere und durchkämmten den Garten hinter dem Haus.

Der Inspector begab sich in das belegte Schlafzimmer und durchforstete die Einrichtungsgegenstände. Anhand eines kleinformatigen Notizbuches, welches sich in einer der Schubladen des bescheidenen Tisches im Raum befand, konnte er entnehmen, dass dies tatsächlich das Zimmer von Miss Canning war. Es standen einige Adressen von Männern darin, eine Art Personenregister samt Foto zu jedem Eintrag. Richard Melston – Oxford, Adam Krenning – London, Robert Loobey – Woodstock, Pierre Samier – Garsington, Craig Hurbish – Witney und noch einige mehr. Was hatte es mit den Männern auf sich? Sie wiesen alle gewisse Ähnlichkeiten auf. Er blätterte noch einige Seiten weiter, bis er auf ein Gesicht stieß, welches dem auf dem Foto im Zimmer der Toten stark ähnelte. Er beschloss dies zu überprüfen und ging nochmals nach unten. Exakt, das ist also der Mann auf dem Foto, sein Name Oliver-James Emerick, wohnhaft Aylesbury Millway 10. Ein Verdächtiger mehr im Sumpf der Möglichkeiten. Weitere Hinweise konnte der Inspector nicht finden, vernahm allerdings eine bekannte Stimme einen Stock höher.

»Cown, gut, dass Sie hier sind, es erwartet Sie eine spezielle Aufgabe.«

»Guten Tag Inspector, was haben, oder hatten wir denn hier?«

»Wie Sie sehen, gab es einen Mord, methodisch erstochen. Der Einstich am Hals war tödlich laut Dr. Cohl, die am Rücken sind auch beachtlich, jedoch könnten diese auch post mortem ausgeführt worden sein. Die Leiche wurde durch Dr. Cohl und mich gewendet, klebte leider am Teppich fest. Sie lag am Bauch als wir eintrafen. Wir drehten sie auf den Rücken und wieder zurück auf den Bauch. Wie auch immer, ihre Aufgabe besteht hauptsächlich darin, festzustellen, wer hier wohnt oder gewohnt hat. Lebte hier eine Person oder mehrere. Andernfalls wäre zu klären, ob es nur so aussehen soll, als hätte hier jemand gewohnt. Des Weiteren wäre zu klären, ob Sie Anzeichen auf einen männlichen Mitbewohner oder wiederkehrenden Besucher finden. In der Küche stand die Klappe des Backofens offen, das Gas war aufgedreht, allerdings strömte bei unserem Eintreffen nichts mehr aus. Ich habe dazu eine Theorie, würde aber gerne ihre eigenen Schlüsse dazu im Bericht lesen, wenn Sie verstehen?«

»Das wird aber sehr zeitintensiv Inspector! Dazu brauche ich Verstärkung.«

»Die sollen Sie bekommen, wir müssen davon ausgehen, dass es sich hier womöglich um einen Zusammenhang mit dem Dawson-Mord handelt.«

»Oh, ich verstehe Inspector, ich gebe mein Bestes.«

»Danke Cown, davon bin ich überzeugt.«, schmierte der Inspector dem spurensuchenden Cown strategisch um den Mund, um seinen Ehrgeiz noch weiter zu verstärken.

»Ich kann Ihnen nur eines sagen Cown, hier stimmt so einiges nicht, ich hoffe innig, Sie finden etwas. Ach ja, die Tatwaffe scheint nicht am Tatort zu sein, begutachten Sie doch bitte sämtliche Messer die sich im Haus oder außerhalb befinden, womöglich wurde die Tatwaffe gereinigt und zurückgelassen.«

»Das wäre doch mal was Neues Inspector.«

»In der Tat, viel Erfolg Cown.«

Damit verließ Braunington samt dem Notizbuch das Bryne Haus.

Kapitel 7 - Das Notizbuch

Inspector Braunington war mit zwei Constables wieder in Dawson Hall angekommen. Nach heftigem Klopfen an der Pforte öffnete eine ältere Dame, die in monotoner Ernsthaftigkeit Miss Bryne um nichts nachstand.

»Guten Tag, mein Name ist Detective Inspector Braunington, ich ermittle im Todesfall von Sir Anthony Dawson, Sie habe ich hier noch nicht gesehen, Sie sind?«

»Mrs. Broder, treten Sie ein.«

»Danke. Nun? Wo ist Miss Bryne?«

»Das entzieht sich meiner Kenntnis, Sie können hier Platz nehmen und auf sie warten, ich habe zu tun.«

»Sehr freundlich Mrs. Broder.«

»Constables! Haus durchsuchen!«

Die Constables eilten durch die Eingangshalle in alle Richtungen des Parterres, wurden aber nicht fündig, nur Mrs. Millstone trat hervor mit einem Koffer in der Hand.

»Mrs. Millstone? Sie verreisen?«

»Nein Inspector, ich habe gekündigt, ich verlasse diesen Ort.«

»Das scheint mir ein vernünftiger Entschluss zu sein. Sie haben bereits eine Unterkunft?

»Natürlich Inspector, natürlich. Guten Tag.«

Der Inspector war durch Mrs. Millstone etwas irritiert, blickte ihr noch kurz nach, wandte sich dann aber wieder konzentriert seinem momentanen Vorhaben zu.

»Sir, sollen wir nun zuerst unten oder oben nachsehen?«

»Was nachsehen Inspector Braunington? Was sollen Ihre Hunde oben nachsehen?«, konterte Lady Dawson auf der nach oben führenden Treppe stehend, in einem mit Spitzen versehenen, prunkvollen schwarzen Kleid voller Entschlossenheit.

»Lady Dawson, wie angenehm! Haben Sie Kenntnis über den Aufenthaltsort von Miss Bryne?«

»Nein, jedenfalls ist sie in diesem Moment nicht auf Dawson Hall anzutreffen.«

»Sie meinen sie spaziert im Garten, ist weggefahren, auf Wanderschaft?

»Ihr Ton gefällt mir nicht Inspector!«

»Lady Dawson, bei allem Respekt, ich halte hier einen Haftbefehl in Händen, ausgestellt auf Miss Bryne – also, wo ist sie? Ich habe absolut kein Problem 25 weitere Constables herzuordern, die das ganze Anwesen auf den Kopf stellen.«

»Wenn Sie meinen, diesen Weg beschreiten zu müssen, und hoffen Miss Bryne dadurch zu finden, keine Scheue, tun Sie, was Sie nicht lassen können. Wenn Sie es allerdings auch nur wagen sollten die oberen östlichen Räume zu betreten, lege ich Ihnen nahe, sich ein anderes Betätigungsfeld für Ihre weitere missratene Zukunft zu suchen, wenn Sie mich verstehen.«

Lady Dawson fixierte bedrohlich den Inspector. Sie setzte ihren theatralischen Auftritt gekonnt in Szene und wirkte wie ein Soldat, welcher nur darauf wartet, dass der Feind einen folgenschweren Fehler begeht. Mahnend stand sie an der Treppe und beherrschte voll und ganz die angespannte Situation.

»Mir sind durchaus Ihre Beziehungen in den obersten Kreisen bekannt, wenn es sich vermeiden lässt, werden wir natürlich ihre privaten Räume meiden. Sollten Sie aber in diesen Räumlichkeiten Beweise horten oder gar Personen Zuflucht gewähren, welche in unmittelbarem Zusammenhang mit diesem Fall stehen, dann muss ich Sie darauf aufmerksam machen, dass die Justiz auch vor Ihnen nicht haltmacht.«

»Gewiss Inspector, jeder, absolut jeder hat sich früher oder später für seine Taten vor einem Gericht zu verantworten. Wenn Sie mich nun entschuldigen, ich ziehe mich zurück, guten Tag.«

»Ach Lady Dawson, da ich dem Protokoll Genüge tun muss, wo waren Sie am Tag des Mordes von Sir Dawson? Sie verließen das Haus und fuhren wohin?«

»London, Inspector, ich war zu einer Kunstausstellung geladen, Bilder von Edgar Degas waren ausgestellt im Savoy.«

»Sie haben die Nacht dort verbracht?«

»In der Tat, Sie werden es vermutlich überprüfen.«

»Wenn Sie noch eine Frage gestatten, warum kamen Sie früher als erwartet zurück?«

»Die Ausstellung fand nicht statt und ich wurde infamer Weise darüber weder informiert, noch wurde das Versäumnis seitens der Aussteller kompensiert. Inspector Braunington, Sie genießen derzeit noch mein Wohlgefallen, ich möchte Ihnen nahelegen, strapazieren Sie meine Güte nicht weiter, als Sie es bereits gewagt haben. Ich denke, Sie verstehen. Guten Tag Inspector.«

Lady Dawson begab sich, nach dieser unmissverständlichen Warnung leisen Schrittes nach oben in ihre Räumlichkeiten.

Braunington stand zähneknirschend in der Empfangshalle und versuchte Haltung zu bewahren. Ihm war klar, dass ein falscher Schritt folgenschwer auf ihm lasten könnte. Er wägte die möglichen Schritte genau ab und fasste einen Entschluss.

»Constable, heute können wir hier ja doch nichts mehr erreichen, für morgen gebe ich Ihnen folgende Informationen auf den Weg:

Sollte Miss Bryne nicht widererwartend erscheinen, werden Sie mit allen zur Verfügung stehenden Police Constables den Garten des Anwesens durchsuchen – alle Nebenhäuser, Pavillons, Stallungen, lassen Sie nichts aus. Ich werde etwas später eintreffen und weitere Schritte anordnen. Das Haus ist tabu, haben Sie verstanden?«

»Sehr wohl Sir!«

»Übrigens, ein Blick in den See kann auch nicht schaden!«

Inspector Braunington entfernte sich mürrisch aber voller Tatendrang vom Anwesen und traf am Haupttor Mrs. Millstone.

»Mrs. Millstone, ich bin erstaunt über diesen Schritt und gleichzeitig erleichtert.«

»Inspector, mir ist klar, dass ein Mörder sein Unwesen treibt, hier auf Dawson Hall, furchtbar. Man möge mich als neugierige Person bezeichnen, mit einem gewissen Hang zur Kriminalistik, aber ich bin nicht lebensmüde. Ich habe den Verdacht, dass es hier um mehr als nur Mord geht, ich denke hier steckt entweder Irrsinn oder Leidenschaft dahinter. Beides ist gefährlich, in Kombination sogar unkontrollierbar, daher suche ich lieber das Weite.«

»Ein sehr weiser Entschluss, ich würde es mir nicht verzeihen, Sie am Ende in den Händen von Dr. Cohl zu sehen, Sie verstehen.«

»Inspector, wie ich hörte, sind Sie auf der Suche nach Miss Bryne, nicht wahr? Halten Sie sie denn womöglich für die Mörderin?«

»Der Verdacht liegt sehr nahe, wir haben im Haus von Miss Bryne eine Leiche gefunden, mit höchster Wahrscheinlichkeit Elster Canning.«

»Um Himmels willen! Hätte ich nur am Vortag mit Ihnen gesprochen Inspector, das ist … ich muss mich hinsetzen.«

»Beruhigen Sie sich, sie war bereits seit Tagen tot. Sie trifft keine Schuld Mrs. Millstone.«

»Seit Tagen tot? Arme Elster. Sie meinen Miss Bryne hat sie auf dem Gewissen? Das kann ich mir nur schwer vorstellen. Sie mag prüde wirken, Emotionen quirlen im Alltag nicht gerade aus ihr heraus, aber Mord?«

»Wie Sie schon sagten, aus Leidenschaft kann sehr schnell Irrsinn werden – und was meinen Sie, wie viele Morde aus Leidenschaft ich schon zu bearbeiten hatte. Sie würden staunen, aber das soll nun nicht das Thema sein. Haben Sie eine Ahnung wohin Miss Bryne gegangen sein könnte?«

»Ich habe da sogar zwei Theorien!«

»Ach ja? Und zwar?«

»Erstens, sie liegt tot am Grund des kleinen Sees.«

Der Inspector schmunzelte über diese Theorie, da er eben erst den Constable angewiesen hatte, auch den See zu überprüfen.

»Zweitens, sie hat sich versteckt, hier am Sitz der Dawsons oder sonst wo. Vielleicht ist sie auch blitzartig verreist. Bedenken Sie, dass Miss Bryne eine sehr intelligente Frau ist.«

»Genau das macht mir Sorgen, sie könnte die Morde geschickt eingefädelt haben.«

»Ja, oder aber jemand nutzt diese Situation aus. Die tote Miss Canning lag im Haus von Miss Bryne? Das ist höchst verwunderlich, gar zu sonderbar. Inspector, beantworten Sie mir doch bitte folgende Fragen: Warum musste Sir Dawson sterben? Wer profitiert von seinem Tod?«

»Das Testament ist noch nicht verlesen, ich habe es angefordert, aber das ist bei dieser Schicht immer etwas schwierig.«

»Ich kann Ihnen sagen, was im Testament grob formuliert steht Inspector, alle Bediensteten sowie Lady Dawson erhalten eine beachtliche Summe, mich eingeschlossen.«

»Tatsächlich? Höchst ungewöhnlich und interessant! Die Bediensteten sind als Erben eingetragen? Sehr seltsam, allerdings fallen auch Sie damit in den Kreis der Verdächtigen Mrs. Millstone.«

»Sie schmeicheln mir Inspector.«

»Schmeicheln?«

»Nun ja, der Mord an Sir Dawson, hier handelte jemand mit großem Geschick. Wissen Sie bereits, wie der Mord verübt wurde? Wie wurde Sir Dawson vergiftet?«

»Wir arbeiten an einigen Theorien, aber genaue Erkenntnisse haben wir noch nicht. Der Bericht von Dr. Cohl und dem Labor lässt auf sich warten.«

»Gut Ding braucht eben Weile, Inspector.«

»Noch eine Frage Mrs. Millstone, weswegen sind auf Dawson Hall unübersehbar viele Kerzen aufgestellt in allen nur erdenklichen Variationen, hingegen aber kein einziges Foto oder Gemälde von Edward Dawson zu sehen ist?«

»Lady Dawson hat einen Tick für Kerzen, sie zieht diese auch selbst bzw. formt und schnitzt diverse Figuren, welche als Kerzen im Haus verteilt zu bewundern sind, sie kann das sehr gut. Aber Sie haben recht, es sind mittlerweile etwas zu viele. Dazu wäre noch zu erwähnen, dass es Sir Dawson liebte, im Kerzenschein durchs Anwesen zu schlendern, bei Kerzenlicht zu schreiben, er hatte einen Hang zum Nostalgischen. Was die Fotos und Bilder anbelangt, hm, ich muss gestehen, darüber habe ich mir noch nie Gedanken gemacht, vermutlich werden diese in den Räumlichkeiten der Herrschaften aufbewahrt. Die Gemälde stellen nur die Ahnen der Dawsons dar – hier könnte Ihnen Miss Bryne wohl eher

Auskunft geben, oder eines der Dienstmädchen. Haben Sie mittlerweile Mrs. Broder kennengelernt?«

»Oh ja, auch so eine Gestalt voller Freude und Geselligkeit, erinnert mich an meine Schwiegermutter.«, stieß Inspector Braunington zermürbt aus.

»Sie sind verheiratet Inspector?«

»Selbstverständlich!«

Ein Polizeiwagen fuhr vor, um den Inspector abzuholen. Er konnte Mrs. Millstone keinesfalls am Tor stehen lassen, so lud er sie ein mitzufahren. Während der Fahrt plauderten sie noch über die Gewohnheiten auf Dawson Hall sowie hochgenüssliche Kochkünste.

»Wenn Sie noch Informationen für mich haben, zögern Sie nicht, Sie sind eine wertvolle Hilfe für Scotland Yard, Mrs. Millstone.«

»Danke Inspector, das bereitet mir Freude und Stolz. Ach übrigens, hat Chessley, der Gärtner, mit Ihnen gesprochen?«

»Bis dato noch nicht, warum?«

»Er versuchte Sie zu erreichen, dürfte aber nicht von Wichtigkeit sein. Wobei ich ihm entlocken konnte, warum der Schreibtisch verschoben wurde. Sir Dawson wollte dies aus Sorge oder sogar aus Angst. Es war ihm wichtig zu sehen, wer das Schreibzimmer betritt, wenn er darin arbeitete.«

»Aus Angst? Gut zu wissen. Er hatte also, ich nehme an nach der Sache mit dem Gemüse, wohl große Sorge, es könnte plötzlich jemand hinter ihm stehen und ihm mit Gewalt das Licht ausmachen.«

»Vermutlich Inspector, vermutlich. Das sieht mir dann doch schon sehr zielstrebig aus, ich meine nicht, dass Sir Dawson unter Verfolgungswahn gelitten hat.«

»Sie meinen er handelte anhand eines Vorkommnisses, natürlich, könnte sein. Wir werden dies in Betracht ziehen.«

Inspector Braunington wies den Chauffeur an, Mrs. Millstone nach Hause zu bringen und machte sich auf den Weg zu Bridges, um sich mit Dr. Cohl zu treffen.

»Da sind Sie ja Inspector! Haben Sie die Vermisste gefunden? Baumelt sie gar an einem halb verrotteten Baum im tiefsten, finsteren Wald?«

»Dr. Cohl, haben Sie etwa ohne mich angefangen und bereits ein oder gar zwei Bier getrunken?«

»Würde ich mir niemals erlauben, hier Ihr Ale … und … tataa ihr ersehnter Bericht.«

Dr. Cohl hatte den Untersuchungsbericht von Sir Dawson und einen vorläufigen Bericht der Toten im Haus von Miss Bryne mit zu Bridges gebracht, der Inspector blühte auf, als hätte ein Junge einen Cowboyhut als Geschenk erhalten.

»Sie können den Bericht morgen auch noch lesen, ich erzähle Ihnen schnell und schmerzlos die Fakten. Zu Sir Dawson: Cyanidwasserstoffvergiftung höchsten Maßes. Das Gift wurde eingeatmet, der Tod ist bei der Dosis innerhalb einer Minute unter enormen Krämpfen, gefolgt von Atemstillstand und schlussendlich Herzstillstand eingetreten. Es gibt sonst keinerlei Hinweise auf Gewalteinwirkung. Der Magen war praktisch leer, sein allgemeiner Gesundheitszustand war nicht gerade lobenswert. Er muss an Magenschmerzen gelitten haben, zumindest hatte er zwei stolze Magengeschwüre, die ihm mit Sicherheit das Leben schwer machten. Eine fünf cm lange Narbe an der linken Wange, die ist allerdings schon einige Jahre alt, sowie etwas Wachs an der rechten Handkante und Handfläche.«

»Sie sagen die Dosis wäre von enormem Ausmaß gewesen?«

»Ja, die Giftwolke wurde ihm praktisch direkt vor das Gesicht geschoben. Das war sicher nicht angenehm, aber immerhin ein recht schneller Tod, hätte sich auch über eine Stunde ziehen können, begleitet von anhaltendem Erbrechen bzw. weiterem Flüssigkeitsaustritt aus allen nur erdenklichen Körperöffnungen.«

»Wachs an der Handfläche, ja gut, bei Krämpfen schlägt man schon mal wild um sich. Was ist mit dieser Canning? Was können Sie mir zu dem Fall sagen?«

»Ja, wie gesagt – die Wunde am Hals ließ sie recht rasch verbluten, die Halsschlagader wurde unter anderem durchtrennt, die Wunde reicht tief in den Hals, das bedeutet, die Halsschlagader wurde nicht klassisch durchtrennt, sondern hier rammte der Täter das Messer mit der Spitze voran in den Hals und rührte danach noch etwas um, die Stelle war sozusagen perfekt. Die restlichen Einstiche waren zwar auch übel, aber keiner davon unbedingt tödlich. So wie sich die Sachlage darstellt, wurden die Messerstiche am Rücken durchgeführt, als das Opfer bereits am Boden lag.«

»War sie da bereits tot? Noch bei Bewusstsein?«

»Das kann ich nicht sagen Inspector, möglich ist es, sie könnte ohnmächtig gewesen sein, anhand des beachtlichen Blutverlustes. Übrigens, sie wurde noch nicht identifiziert. Somit ist unklar, ob es sich bei der Toten tatsächlich um besagte Elster Canning handelt. Weiteres ist zu beachten, dass das Opfer einen immensen Schlag oder Tritt in die Seite bekam, drei Rippen wurden dabei gebrochen.«

»Schau an, schau an! Eine Krafteinwirkung, welche drei Rippen bricht. Ich tippe da eher an einen Tritt auf das am Boden liegende Opfer, könnte das passen Doc?«

»Durchaus, es wäre aber auch möglich, dass dies die erste Verletzung war und danach folgten erst die Stichwunden, kann man so nicht sagen. Da müssten wir am Ende doch direkt den Mörder fragen, um sicher zu gehen.«

»Verstehe, wobei zum Beispiel ein Schlag mit einem, sagen wir Knüppel in die Seite, ist wohl etwas weit hergeholt und nicht wirklich schlüssig. Wir werden schon noch rausbekommen, was da genau passiert ist. Was halten Sie von Miss Bryne? Ich meine, was halten Sie aus medizinischer Sicht von ihr? Haben Sie neue Erkenntnisse?«

»Soweit ich feststellen konnte, ist sie gesund, zumindest körperlich. Ich habe aber den regen Verdacht, dass sie ein nicht zu unterschätzendes psychisches Problem hat. Mir scheint, als wäre sie, aber da bitte ich Sie, einen meiner Kollegen zu kontaktieren, traumatisiert. Ich sprach mit ihr auf Dawson Hall. Höchst irritierend, da werde auch ich nicht ganz schlau daraus. Gewisse Reaktionen blieben einfach aus. Soweit mir bekannt, hat Miss Bryne keine Vorgeschichte, welche Rückschlüsse auf ihre kalte Art zulassen würde, wie zum Beispiel Bestatter mit vertieften Kenntnissen der Leichenkosmetik, Moorleichenschnüffler oder gar …«

»Jetzt winkt wieder der Schelm aus Ihnen, das ist wohl Ihre Masche, um nicht abzustumpfen, oder?«

»Jetzt haben Sie mich aber erwischt Inspector, übrigens Ihr Glas ist leer, meines übler Weise auch.«

Inspector Braunington verstand die Aufforderung, bestellte noch zwei Gläser und fuhr fort: »Das ist schon eine seltsame Gesellschaft auf Dawson Hall. Mir ist noch nicht klar, was in den Köpfen der Bewohner und Bediensteten vor sich geht oder ging, es mag vielleicht auch nur aus gewissen trivialen Umständen resultieren, dennoch stimmt einen das Verhalten der einzelnen Personen nachdenklich. Miss Bryne steht neben sich, Mrs. Broder möchte ich nicht in der Nacht begegnen, Lady Dawson gäbe eine gute Kerkermeisterin ab. Der einzige, der mir noch am normalsten erscheint, ist der Gärtner, er wirkt sorglos und glücklich.«

»Dann war es wohl der Gärtner mit der Gartenschere im Pavillon!«, konterte Dr. Cohl mit einem Lächeln.

»Vermutlich, vermutlich, … könnte aber auch der Gast gewesen sein, hmmm.«

»Der Gast? Welcher Gast?«

»Am Vortag war ein Gast im Hause, die Ermittlungen in diese Richtung laufen, scheint aber wie vom Erdboden verschluckt zu sein, es gibt aktuell keine Hinweise, um wen es sich dabei handelt. Die Narbe von Sir Dawson beschäftigt mich am Rande auch noch.«

»Wieso? Wie ich hörte, verletzte er sich bei einem Jagdunfall, etwa nicht?«

»Ja, das hörte ich auch, ich werde diesbezüglich Lady Dawson befragen. Jagdunfall, das klingt für mich in Bezug auf Sir Dawson unpassend.«

So tranken sie noch das ein oder andere Gläschen Ale und unterhielten sich über die aktuellen weltweiten Geschehnisse.

Am nächsten Morgen machte sich Inspector Braunington auf den Weg nach Aylesbury um Oliver-James Emerick einen Besuch abzustatten. Er wohnte in einer durchschnittlichen, kleinen Unterkunft, wie viele andere in der Umgebung auch.

»Guten Tag, mein Name ist Detective Inspector Braunington von Scotland Yard, sind Sie Mr. Oliver-James Emerick?«

»Ja, was führt Sie zu mir?«, antwortete Emerick mit gedämpft-stottriger Stimme.

»Ich möchte mich mit ihnen unterhalten, wenn Sie nichts dagegen einzuwenden haben, haben Sie?«

»Also, nein, natürlich nicht, kommen Sie herein, oder möchten Sie hier …? Was wollen Sie mit mir besprechen? Wieso bin ich von Wichtigkeit für Scotland Yard? Ich verstehe nicht …, wenn es darum geht, dass ich vorgestern, oder war es gestern? Wenn es darum geht, dann bin ich überzeugt, dass ich, also natürlich hätte ich sofort die gefundene Münze zur Polizei gebracht, aber ich hatte noch einen Weg und …«

»Nur keine Aufregung, wir setzen uns?«, beruhigte der Inspector den scheinbar aufgebrachten jungen Mann und die beiden begaben sich in einen schlicht eingerichteten Wohnraum.

»Mr. Emerick, in welcher Beziehung stehen Sie zu Miss Elster Canning?«

»Elster? Ist ihr etwas zugestoßen? Hat sie sich etwas angetan? Wird sie mir etwas antun? Sie kommt nicht her, oder? Oder ist sie schon hier? Oh mein Gott! Mir wird schlecht, ich glaube, mir wird schlecht.«

»Beantworten Sie zuerst meine Frage, dann besprechen wir, was Sie mit ›angetan‹ meinen.«

»Ja, also ich war ihr Verlobter. Ich habe unsere Beziehung, wenn man diese als solche bezeichnen darf, vor über einer Woche beendet. Es war einfach unerträglich für mich geworden.«

Neugierig ließ Inspector Braunington die rechte Hand kreisen und artikulierte Mr. Emerick damit, auf die Einzelheiten einzugehen.

»Wann genau haben Sie Miss Canning das letzte Mal gesehen?«

»Das war vor 7 Tagen in ihrem Haus, wir hatten eine etwas heftige Auseinandersetzung bezüglich ihrer Forderungen an mich.«

»Erzählen Sie, glauben Sie mir, es ist besser für Sie, wenn Sie sich nun genau daran erinnern, was an diesem Tag geschehen ist.«

»Besser für mich? Wieso besser für mich? Ich muss etwas trinken. Möchten Sie auch? Natürlich nicht, ich denke, ich trinke auch nichts. Wo war ich? Ach ja, nun gut. Mal überlegen, also, ich fuhr zu Miss Canning, in ihr Haus natürlich, wir unterhielten uns. Ich kann jetzt nicht mehr so genau sagen, über was genau wir uns unterhielten, am Ende waren es zusammengefasst immer wieder dieselben Themen. Sie hatte gewisse Vorlieben mein Aussehen betreffend müssen Sie verstehen. Ich hatte diesbezüglich bereits des Öfteren mit ihr Auseinandersetzungen. Wie mich das nervt, ich denke ich trinke doch etwas, wo ist denn nur … ich werde später etwas trinken. Immer wieder dasselbe, immer wieder und wieder. Diesmal allerdings ging sie zu weit. Sehen Sie, ich trug, bevor ich Elster kennenlernte, mein Haar anders, sie wollte es so, wie es jetzt geschnitten ist. Ich musste es auch ständig in diese Form bringen. Ich dachte mir anfangs noch nichts dabei, doch dann bemerkte ich eine gewisse Verbissenheit in dieser Forderung. Kaum hatte ich mein Haar etwas anders frisiert, wurde sie zornig und redete unaufhörlich auf mich ein um es wieder anzupassen. Ich verspürte einen gewissen Zwang. Sie fasste mich letztens auch schroff am Arm und zog mich an sich, um auf die Notwendigkeit meines Aussehens hinzuweisen. Das ging einige Wochen so weiter. Nun kam es so, dass wir uns vier Wochen nicht sahen, ich war geschäftlich auf Reisen und ließ mir dabei einen Schnurrbart wachsen wie Sie sehen. Als ich Elster nach der Reise besuchte, brach ein Feuerwerk los. Sie war entsetzt, was ich getan hatte. Sie war völlig außer sich, als hätte ich im Gesicht die Krätze oder Ähnliches, wenn Sie mich verstehen. Der Streit eskalierte derartig, so habe ich unsere Verlobung aufgelöst und bin mit einem lautstarken ›Adieu‹ gegangen.

Sie war wie besessen davon mein Aussehen zu bestimmen. Ich muss etwas trinken.«

»Haben Sie den Verlobungsring mitgenommen?«

»Nein, den kann sie sich als Erinnerung an mich von mir aus sonst wo hinstecken, ist für mich bedeutungslos geworden. Aber wieso fragen Sie mich das? Was wollen Sie denn von mir? Hat sie sich etwas angetan? Steht sie da draußen? Wer ist das?«

Zögernd, dennoch direkt antwortete Inspector Braunington: »Mr. Emerick, Elster Canning wurde ermordet.«

»Oh mein Gott! Aha, hmmm, … wie ist das geschehen? Wo? Wer hat das getan? Ich meine …«, sprudelte es aus dem sichtlich verängstigten, verwirrten und zugleich entsetzten Junggesellen, dem es anschließend die Sprache verschlug, denn langsam dämmerte ihm seine Lage. Er stand unter Mordverdacht.

»Mr. Emerick, ich muss Sie nun bitten mit mir mit zu kommen.«

»Sie verhaften mich? Aber ich habe doch nichts getan! Ich wusste es, dieses Weib bringt mir nur Ärger. Schon dieser Blick, ihre Augen, ich hätte es besser wissen müssen.«

»Im Moment bitte ich Sie, einfach nur mitzukommen, denn …«

»Nein!«, schrie Emerick aufgebracht und wütend, verstört, wie ein scheues Tier in die Ecke gedrängt. »Sie werden mir den Mord nicht anhängen! Das darf doch alles nicht wahr sein! Mich stecken Sie nicht in eines dieser finsteren, feuchten Löcher, von Ratten bevölkert die einem im Schlaf langsam bei lebendigem Leib die Augen …«

Der Inspector war verwundert und doch auch erfreut über den Gefühlsausbruch, hatte er doch in den letzten Tagen derartige Emotionen vermisst. Er lauschte entspannt den Wahnvorstellungen des von Miss Canning gefolterten und damit für Lebzeiten geprägten jungen Mann.

»Mr. Emerick, wenn Sie ihre Feuersbrunst des Wahnsinns wieder unter Kontrolle gebracht haben, begleiten Sie uns doch, um die Ermordete zu identifizieren. Wir sind uns über ihre Identität noch etwas im Unklaren, es deutet allerdings alles darauf hin, dass die Tote Elster Canning ist. Sie verstehen nun den Sinn unseres kleinen Ausfluges?«

»Sie meinen, Sie sperren mich nicht ein?«

»Einstweilen nicht, noch habe ich keinen Beweis dafür, dass Sie den bestialischen Mord begangen haben. Sie stehen natürlich unter den engeren Verdächtigen, dahingehend ist ihre Aussage auch noch zu protokollieren, am Revier.«

»Bestialisch sagen Sie? Wie meinen Sie das? Was hat man ihr angetan? Ich meine, auch wenn sie mich versuchte zu beherrschen und mich ständig auf ihre Art quälte, so hat sie doch in aller Welt nicht den Tod verdient und schon gar nicht bestialisch. Was bedeutet das?«

Der Inspector erläuterte die Tat im Ansatz, wobei der junge Mann Probleme mit dem aufrechten Gang bekam und sich erst setzen musste. Nach kurzer Verschnaufpause ging es mit dem Polizeiwagen in Richtung Scotland Yard. Mr. Emerick verhielt sich nach wie vor höchst seltsam, nervös, beinahe panisch, sodass Inspector Braunington möglicherweise den Täter zwar in den Yard brachte, allerdings keinen Beweis zur Überführung aufzeigen konnte.

»War da eben nicht noch ein Polizist? Wo ist er geblieben?«, ließ Mr. Emerick lautstark erklingen und blickte nervös um sich.

»Ja, Sie haben recht, da war einer, sind Sie immer so nervös, oder liegt Ihnen etwas auf der Seele? Haben Sie vielleicht etwas, dass Sie mir beichten möchten? Ihr Gewissen entlasten?«, hinterfragte der Inspector leicht gereizt.

»Nein, ich bin unschuldig! Ich habe mit dieser Sache nichts zu tun! So glauben Sie mir doch.«

»Dann haben Sie auch nichts zu befürchten, nicht wahr?«

Constable Ashford blieb zurück in Aylesbury und durchsuchte einstweilen die Unterkunft von Mr. Emerick auf Anweisung des Inspectors, die Emerick in der Aufregung vergaß zu versperren. Ashfords Abwesenheit hatte der Verdächtige während der Fahrt bemerkt und wurde daraufhin noch nervöser, als er bereits zuvor schon war. Im Leichenschauhaus angekommen, standen der Inspector, der Gerichtsmediziner sowie Oliver-James Emerick vor dem bedeckten, leblosen Körper. Der Mediziner wies Emerick an, den Leichnam keinesfalls zu berühren, egal welche Emotionen auch in der Luft liegen mochten. Ebenso unterrichte er Emerick, dass die Leiche in keinem guten Zustand mehr sei, anhand des Tatzeitpunktes sowie des Leichenfundes. Mit Zustimmung des Inspectors zog er das Leichentuch vom Kopf.

»Ja, das ist sie, Elster Canning. Oh mein Gott … ich habe noch nie … mir wird schlecht …«

Damit sank Emerick in sich zusammen und zog es vor, auf einer Liege, welche sonst nur für Tote benötigt wird, den Saal zu verlassen.

Der Gerichtsmediziner konnte sich natürlich nicht zurückhalten, einige abwertende Bemerkungen über die Ohnmacht heraus zu posaunen, mit schadenfrohem, schmutzigem Gelächter.

»Wenn Sie meinen das ist der Täter Inspector, dann würde ich meinen, Sie hätten ihn an Ort und Stelle des Verbrechens, neben der Leiche gefunden. Der wäre bei dem Anblick jedes Mal wieder umgefallen.«

»Ich werde es mir notieren und in einer traurigen Stunde darüber lachen, das wäre dann alles, guten Tag.«

Nachdem Emerick sein Bewusstsein wiedererlangte, begleitete er den Inspector aufs Revier und gab seine Aussage zittrig zu Protokoll.

»Mr. Emerick, wir werden Ihr Alibi natürlich genauestens überprüfen, ob Sie zur Tatzeit tatsächlich in Venedig waren. Halten Sie sich jederzeit zur Verfügung, falls wir noch weitere Fragen haben. Sollten Sie beschließen sich aus dem Staub zu machen, wird das Ihre Situation enorm verschlechtern, denn finden werden wir Sie so oder so – ist Ihnen das klar?«

»Natürlich, ich war es doch nicht, so etwas kann ich nicht. Ich muss etwas trinken, haben Sie vielleicht …? Natürlich nicht. Ich werde dann woanders etwas …, ja. Enorm verschlechtern? Ist die Situation denn bereits schlecht? Wie schlecht und warum? Ich habe doch nicht …, ach dieses verdammte Weib! Was ist da nur …«

»Mr. Emerick!«, unterbrach der Inspector den aufgewühlten Dauerredner. »Sie können nun gehen, verstehen Sie das? Hinter Ihnen ist die Tür. Sie gehen einfach durch und weiter, immer weiter, bis Sie das Gebäude verlassen haben und auf der Straße stehen, guten Tag.«

Emerick nickte und verschwand schnellen Schrittes in Richtung Ausgang.

»Constable! Beschatten Sie den Herrn, der eben mein Büro verlassen hat. Sie können zwei Mann zusätzlich hinzuziehen, wenn Sie diese benötigen. Berichten Sie mir, sobald Ihnen etwas auffällt, falls es den Eindruck gibt, dass er verschwinden will. Hier noch die Wohnadresse von Mr. Emerick und nun los!

Der Inspector wurde von einem Constable über den Aufenthaltsort von Abigail Larn, dem ehemaligen Dienstmädchen von

Dawson Hall informiert. Er beschloss, nicht zu zögern und besuchte die junge Dame. Sie bestätigte die nächtlichen Vorkommnisse aus dem Zimmer von Miss Bryne.

»Sie dürfte im Schlaf geweint haben, gewimmert. Ich konnte es des Öfteren vernehmen, insofern die Fenster beider Räumlichkeiten geöffnet waren.«

»Dabei sind Sie sich zu hundert Prozent sicher, dass es sich dabei um Miss Bryne gehandelt hat?«

»Allerdings, denn ich konnte sie auch durch die Wand kurz aufschreien hören. Das kam zwar nur selten vor, aber ich hörte es. Ich muss gestehen, eines Nachts lauschte ich an ihrer Tür. Dann kam Mrs. Broder den Gang entlang und ertappte mich. Das war ein Zirkus.«

»Was meinen Sie, was hatte das Weinen und Wimmern zu bedeuten?

»Ich kann nur vage vermuten, dass es mit dem Tod ihrer Eltern in Zusammenhang stand. Ich denke, sie hang sehr an ihnen. Ich wollte mit ihr darüber sprechen, doch sie lehnte jegliches Gespräch mit mir ab. Wir verstanden uns recht dürftig, sie mochte mein, wie sagte sie doch gleich, ›Mundwerk‹, nicht.«

»So, so, der Tod ihrer Eltern. Hmmm …«

»Das klingt als hätten Sie etwas Anderes erwartet?«

»Gegebenenfalls. Was können Sie mir über Edward Dawson erzählen?«

»Ach der arme Kerl. Ich denke, es gab niemanden auf dem Landsitz, der ihn nicht mochte. Manche vielleicht zu viel.«

»Haben Sie da an jemanden bestimmten gedacht?«

»Lady Dawson vergötterte den kleinen Bengel … und Miss Bryne, hm, was soll ich sagen, ich möchte nicht indiskret sein.«

»Mir können Sie alles anvertrauen Miss Larn.«

»Nun gut, also Lady Dawson vergötterte Edward wie bereits erwähnt. Sie behandelte ihn abartig fürsorglich und hingebungsvoll. Kennen Sie das, wenn eine Mutter ihrem Kind mit einem feuchten Tuch, womöglich getränkt mit Speichel, ständig hinterherläuft, um die Mundwinkel zu säubern?«

»Oh mein Gott, das ist grauenvoll! Es sollte ein Gesetz gegen diese furchtbare Barbarei, diese unzivilisierte Kulturlosigkeit geben.«

»Sie sagen es Inspector, so war Lady Dawson zu Edward. Ständig hinterher. Tu das nicht, tu dies nicht, besser du lässt die Hände davon, hast du dich gewaschen? Was ist das für ein Fleck, und so weiter. Total übertriebene, unangebrachte Obhut. In Miss Bryne hat Lady Dawson eine Verbündete gefunden, wie sie im Buche steht, zumindest in Sachen Sauberkeit. Wobei, … wenn ich nicht irre, war Miss Bryne vor dem Tod von Edward noch keine Olympiasiegerin in der Kategorie ›Staubfrei‹.«

Der Inspector musste an dieser Stelle herzhaft lachen, warf einen Blick auf seine Taschenuhr, räusperte kurz, um dem Gelächter krampfartig ein Ende zu setzen, er wollte natürlich noch mehr wissen und die Ernsthaftigkeit der Situation nicht gefährden. »Fahren Sie fort.«

»Miss Bryne und Edward, man sagt, da wäre etwas passiert. Ich muss gestehen, ich kann es nicht beschwören. Sicher, man bemerkte schon, dass es da mehr als nur eine Schüler-Lehrer Beziehung gab, jedoch war Miss Bryne eine sehr nette, offene Person. Wie auch Edward, so ein unglaublich netter Kerl, irgendwie haben sich da zwei gefunden und sofort verstanden. Nicht so etwas wie Mrs. Broder, keine Ahnung, aus welchen Untiefen der Erdkruste dieses Wesen hervorgekrochen ist, um ihr Gift zu versprühen.«

Der Inspector versuchte erneut, Haltung zu wahren und mit keiner wiederholten Belustigung die Situation zu zerreißen, es war ihm einfach zu wichtig an Informationen zu kommen, dennoch war er über die lockere Wortwahl von Miss Larn sichtlich amüsiert.

»Aber wie gesagt Inspector, man munkelte nur, ich denke nicht, dass jemand etwas gesehen hat. Lady Dawson mit Sicherheit nicht, die hätte Miss Bryne in der Luft zerrissen.«

»Warum haben Sie Dawson Hall verlassen?«

»Einige Zeit nachdem Edward verstorben war, sank die Stimmung mehr und mehr. Mir kam es vor, als würde ständig nachts jemand durch das Anwesen schleichen. Die Trauer von Lady Dawson, die Strenge von Miss Bryne, im Gegensatz dazu das Gelächter, welches lautstark, selten bei Tag, doch vermehrt in der Nacht zu hören war. Mir kam es vor wie in einer Irrenanstalt. Als ich dann noch erwähntes Problem mit Mrs. Broder, dem alten Drachen hatte, wollte ich einfach nur weg. Es gibt genügend freie Anstellungen, der Krieg verlangte viele Opfer, ich denke, sie verstehen.«

»Natürlich, falls Sie dem nichts mehr hinzuzufügen haben, wäre ich vorerst mit der Befragung am Ende.«

»Ehrlich gesagt, fällt mir dazu nicht mehr ein, Inspector. Ich werde ihnen eine Nachricht zukommen lassen, falls doch.«

Damit verabschiedeten sich die beiden und gingen wieder ihrer Wege, wobei der Inspector noch so einige Gedanken zu sortieren hatte.

Kapitel 8 - Die Wende

Am nächsten Morgen betrat Inspector Braunington den Yard, schritt frohen Mutes in Richtung seines Büros, als er von der Sekretärin des Chief Inspectors aufgehalten wurde.

»Inspector! Chief Inspector Presh möchte Sie sehen, er ist zwar noch abwesend, aber sobald er eintrifft, sollten Sie unverzüglich in seinem Büro erscheinen, und eine Dame wartet vor Ihrem Büro.«

»Eine Dame? Wie lautet ihr Name?«

»Sie nannte ihn nicht, sie verlangte ausschließlich mit Ihnen zu sprechen. Die sitzt schon ziemlich lange da und rührt sich nicht. Sie wollte weder Kaffee noch Tee, ist doch höchst seltsam, wenn Sie mich fragen.«

»Schon gut, ich kümmere mich darum, das ist sicher Mrs. Millstone. Sie hatte mir einige wertvolle Informationen gegeben und ich denke, sie wird sich nun etwas aufgrund meines Lobes darauf einbilden, wobei zum Teil nicht zu unrecht.«

»Da haben Sie wohl eine neue Kollegin Inspector?«

»Möchten Sie mir einen Kaffee bringen? Das wäre sehr zuvorkommend.«

Als der Inspector vor seinem Büro stand, konnte er seinen Augen kaum trauen.«

»Miss Bryne?!«

»Inspector! Ich muss Sie dringend sprechen!«

»Was Sie nicht sagen, ich wollte auch schon das ein oder andere Wort mit Ihnen wechseln.«, antwortete der Inspector zynisch. »Kommen Sie in mein Büro.«

Miss Bryne wirkte verängstigt und unsicher. Ihre Hände zitterten, als sie ihre weißen Handschuhe auszog und auf den Schreibtisch des Inspectors legte. Dabei übersah sie natürlich die preisverdächtige Unordnung nicht, welche das gesamte Büro heimgesucht hatte und augenscheinlich beherrschte. Sichtlich davon irritiert, verdrängte sie widerwillig das Bedürfnis, durch das Zimmer zu fegen, um Ordnung in das Chaos zu bringen. Dem Inspector entging die Nervosität des Überraschungsgastes keineswegs, es war wie eine Art Genugtuung für ihn, Miss Bryne aus der apathischen Fassade herausgelöst zu sehen. Sie wirkte in diesem Moment wie ein kleines, hilfloses Mädchen auf ihn, welches beim Schuldirektor gelandet, um auf die Bestrafung zu warten für etwas, dass sie getan oder auch nicht getan hatte. Doch er ließ sich durch diesen Eindruck weder verwirren noch umgarnen, schließlich stand die junge Dame unter Mordverdacht. In ihrem Haus war eine Frau brutal niedergestochen worden, weiters war sie äußerst unberührt vom Tod Ihres Arbeitgebers Sir Dawson. Zuletzt war sie auch noch wie vom Erdboden verschwunden, diese Fakten sprachen massiv gegen Miss Bryne. Ein weiterer Punkt, welcher dem Inspector einleuchtete, war, dass Elster Canning mehr als nur eine Untermieterin für Dolores Bryne gewesen sein musste, er hatte das Gesicht zusammen mit ihr auf einem Foto im Schreibzimmer der Dawsons gesehen. Erst kürzlich hatte der Yard einen Fall gelöst, in dem drei Frauen um die Zuneigung eines Mannes stritten. Verloren hatte der Mann, denn die drei vor Unschuld strahlenden Geschöpfe der Zärtlichkeit hatten kurzerhand den Mann seines Lebens erleichtert, frei nach dem Motto: ›Kann ich es nicht haben, soll es keiner haben‹. Der Fall, ein recht schwieriger Gerichtsfall, da sich die drei liebenswerten Erscheinungen gegenseitig beschuldigten. Irgendwo im Hinterkopf hatte der Inspector wohl noch eine der drei barmherzigen Schwestern herumsausen und sah in Miss Bryne Parallelen, obschon der Tathergang ein komplett anderer war. Schließlich begann sie sich zu offenbaren.

»Inspector, mir ist klar, Sie denken höchst übel von mir. So wie die Dinge stehen, nehme ich an, Sie halten mich für eine eiskalte Mörderin, ich versichere Ihnen aber, dass ich nichts Derartiges getan habe, noch im Schilde führe.«

»Na dann überzeugen Sie mich vom Gegenteil, ich möchte jedoch vorausschicken, um Ihnen meinen Standpunkt klar zu machen, dass Sie sich hier noch etwas länger aufhalten werden. Was auch immer Sie mir zu erzählen haben, muss in jeder Hinsicht überprüft werden.«

»Das ist mir klar.«, antwortete Miss Bryne in gewohnter direkter Art.

»Und nun? Berichten Sie, was haben Sie getan oder nicht getan?«

»Ich habe weder Sir Dawson noch Elster Canning getötet! Das habe ich nicht getan!«

»Auch, wenn ich Ihre direkte Art durchaus zu schätzen weiß, so reicht dies in keiner Weise, um mich umzustimmen. Sie müssen mir schon die ganze Geschichte im Detail ...«

Da klopfte es leise an der Bürotür. Ein Umstand, welcher dem Inspector höchst unrecht war.

»Ich bin beschäftigt!«, schrie er durch die geschlossene Tür. Doch da öffnete sie sich auch schon quietschend und Mrs. Millstone schob ihren Kopf durch den Türspalt.

»Mrs. Millstone, das kommt jetzt höchst ungelegen, ich bitte Sie doch ein anderes Mal wiederzukommen und ...«

Aber Mrs. Millstone ließ sich davon nicht beeindrucken, betrat das Zimmer und streckte Miss Bryne die Hand entgegen mit den Worten: »Das war ein weiser Entschluss von Ihnen, meiner Empfehlung nachzugehen und sich beim Inspector zu melden.«

Brauningtons Augen drohten vor Verblüffung deren natürlichen Platz sprungartig zu verlassen, als er die Worte von Mrs. Millstone vernahm und konterte: »Mrs. Millstone, soll das etwa heißen, dass Sie Miss …?«

»Hätten Sie auch für mich eine Tasse Kaffee Inspector? Das wäre doch ein guter Start in den Tag, nicht wahr? Ich befürchte, eine gute Tasse Tee ist in diesem Gemäuer rar.«, unterbrach Mrs. Millstone Inspector Braunington geschickt und hoffte, untermauert durch ein gekonntes Spiel der Mimik, auf sein Vertrauen.

Der Inspector schloss daraufhin kopfschüttelnd, geschlagen von der unüberwindbaren Waffe der Weiblichkeit, schmerzhaft grinsend die Tür und bot Mrs. Millstone an, Platz zunehmen.

»Falls Mrs. Millstone keine Einwände hat, oder gar weitere unangemeldete Besucher mein Büro erobern wollen, so fahren Sie doch bitte fort Miss Bryne – erzählen Sie mir, oder besser gesagt ›uns‹, von Anfang an, was genau geschehen ist.«

Miss Bryne schloss die Augen, atmete tief ein, langsam und ruhig aus, öffnete die Augen, sah den Inspector und Mrs. Millstone kurz an, räusperte sich leise mit vorgehaltener Hand und begann die Zeit zurückzudrehen:

»Ich wurde bei den Dawsons als Gouvernante eingestellt, um Edward Dawson mein Wissen zu vermitteln. Er war ein unglaublicher Junge, sehr intelligent und so offen, so zugänglich. Er unterschied sich, bezüglich seines Verhaltens, komplett von allen Kindern, die ich zuvor unterrichtete. Er war, würde man es philosophisch bezeichnen, ein Kind der ewigen Sonne. War man noch so betrübt, von Kummer geplagt, er verstand es alleine durch seine Anwesenheit, einem die Last von den Schultern zu nehmen. Als würde seine Ausstrahlung, seine Art, seine Worte einfach die Dunkelheit in Licht verwandeln – eine düster-kalte Welt, in eine warme, liebevolle. Ich verbrachte aufgrund meiner Position in Dawson Hall natürlich sehr viel Zeit mit Edward, der mich Tag für Tag erstaunte und faszinierte. Er lernte recht schnell, er war sehr aufmerksam und aufgeweckt. Wir verstanden uns auf Anhieb sehr gut, so war es nicht schwer, sein Wissen entsprechend zu steigern, zum Wohlgefallen der Herrschaft. Darüber hinaus verbrachte ich auch neben dem Unterricht mehr und mehr Zeit mit ihm. Er wuchs rasch zu einem jungen Mann heran, obwohl er erst 14 war. Ich kann mich nicht mehr genau daran erinnern, wann es passiert ist, vielleicht hatte ich diese Gefühle für Edward schon ein Jahr oder erst einen Tag, mir kam es vor wie in ganzes Leben. Es kam …, es kam zu geringfügigen Intimitäten in einer der Stallungen, da war er 15. Als mir bewusst wurde, dass dies früher oder später zu einem massiven Problem führen würde, sprach ich mit Edward darüber. Doch er sah die Welt mit anderen Augen, frei von jeglichen Mauern und Grenzen. Fern von Gesetzen und sozialen Schichten, Rassen und Herkunft, welche sich spaltend zwischen die Liebe der Menschen platzieren. Dieser Gedanke sprang auf mich über und so überredete mich Edward in seiner Unschuld und Naivität Dawson Hall niemals zu verlassen, immer in seiner Nähe zu bleiben. Ich versprach es ihm, ich konnte gar nicht anders, unsere Herzen waren zu diesem Zeitpunkt unzertrennbar umschlungen und pochten im Einklang in die für uns sichere, abenteuerliche Zukunft. Doch was ich nicht wusste, wir wurden eines Tages beobachtet. Anfangs waren es nur lächerliche Briefe in denen stand: ›Ich habe euch gesehen‹, sowie weitere Zeilen, die mich nicht weiter besorgten. Allerdings änderte sich dies wenige Wochen später. Briefe mit dem Wortlaut: ›Dafür wirst du büßen‹ und noch Schlimmeres wurden an mich gesendet. Eines Tages lehnte mich Edward plötzlich ab, er hatte sich verändert, er wurde mürrisch, zornig. Ich

112

hatte mehrmals versucht, mit ihm darüber zu sprechen, ihn zu fragen, was passiert sei, denn es war sichtlich etwas vorgefallen, dass ihn innerlich zerfleischte. Es war, als hätte etwas sein gesamtes fröhliches, liebevolles Gemüt weggesperrt und durch Zorn und Schmerz ersetzt. Er war nicht wiederzuerkennen, hin und her gerissen von einer Kraft, die mir verschlossen blieb. Er hat es mir leider nie sagen können, was ihn so quälte, was ihn voller Schmerz durchbohrte, wenige Tage später fand man ihn im See, tot, ertrunken – und mein Herz verstarb in diesem Augenblick der Verzweiflung mit ihm und versank für immer auf dem Grund des Sees.«

Miss Bryne verstummte, schloss schweren Wortes die Augen, ihr Atem setzte kurzweilig aus, bis dieser zittrig versuchte, wieder den gewohnten Rhythmus zu finden. Inspector Braunington stand sprachlos im Raum, verblüfft von der gefühlsüberströmten Hauptverdächtigen, die er so noch nicht kannte. Er musste erst die Worte verarbeiten, die Gefühle verdauen. Ein schwieriger Moment, denn Menschlichkeit steht einem ermittelnden Inspector oft im Wege. Er kümmerte sich um ein Glas Wasser, welches er Miss Bryne überreichte, nicht nur um Zeit für die Sortierung der Gedanken zu gewinnen, sondern auch um dem sichtlich am Boden zerstörten Gemüt, sei es auch nur ein wenig, auf die Beine zu helfen. Eine schwermütige Träne voller schmerzlicher Erinnerungen strich über ihre Wange, bahnte sich zögernd den Weg entlang der glatten, rosigen Haut, bis sie sich unweigerlich von ihrem Gesicht löste, um sich mit dem kalten Wasser im Glas auf ewig zu vereinen. Ihr Blick, ihre Gedanken versanken im klaren Nass, welches sie in ihren zittrigen Händen hielt, anstatt von dem Menschen gehalten zu werden, den sie einst liebte, fernab dem Ort, an dem sie sich befand. Es war still, für einen kurzen Moment stand die Zeit still. Kein nervendes Getippe der Schreibkräfte aus dem Büro nebenan, kein lautes, aufgebrachtes Organ eines Kollegen, kein quälendes

Geräusch von der Straße war zu vernehmen – nur noch unheimliche, bedrückende Stille. Man mochte meinen, den herabsinkenden Staub an den Oberflächen der Möbel und Akten knistern zu hören.

»Miss Bryne, Sie müssen es noch erwähnen, Sie wissen ...«

»Ach ja, danke Mrs. Millstone, das hätte ich beinahe vergessen.«

»Was erwähnen? Was meinen Sie?«

»Inspector, man hatte damals den Tod von Edward als Unfall zu den Akten gelegt. Doch Sie müssen wissen, er war wasserscheu. Er hatte extreme Angst vor dem See. Er näherte sich dem Ufer keine zehn Meter. Sie verstehen, worauf ich hinauswill?«

»Das ist im höchsten Grad erstaunlich, denn ich habe den Bericht über den Vorfall überflogen, da stand kein einziges Wort darüber, wie kommt das?«

»Niemand hat es erwähnt. Ich schwieg, damit es zu keinem Skandal kommt.«

»Sie haben das verschwiegen? Auch die Herrschaft schwieg? Höchst merkwürdig, wie erklären Sie sich dieses Verhalten?«

»So wurde es als Unfall abgetan und es kümmerte niemanden mehr, Sie verstehen? Bedenken Sie die gesellschaftliche Verantwortung, bedenken Sie den Ruf der Dawsons. Ein Unfall ist tragisch, ein Selbstmord aber wirft unweigerlich einen tiefen Schatten auf die Herrschaft, auf den gesellschaftlichen Status, auf das Anwesen.«

Inspector Braunington runzelte die Stirn, stützte die Hände verschränkt an seinen Hinterkopf und meinte zu Miss Bryne: »Sie blieben auf Dawson Hall, weil Sie Ihr Versprechen Edward gegenüber auch nach seinem Tod einhielten, nicht wahr? Das ist überaus ehrenhaft, dafür genießen Sie meinen vollen Respekt. Allerdings, das Verhalten bezüglich des Vorfalles mit Edward Dawson, zu verheimlichen, dass er wasserscheu war, ist mir ein vollkommenes

Rätsel. In all Ihrem Schmerz ist ein Gedanke restlos unbeachtet geblieben, nicht nur Ihnen, wie mir nun mehr und mehr bewusst wird, aber dazu komme ich später noch mal, nun fahren Sie bitte mit der ursprünglichen Geschichte fort.«

»Die Jahre verstrichen, alles ging seinen gewohnten Weg. Eines Tages gab es jedoch einen Zwischenfall, den ich aus heutiger Sicht anders bewerte. Eines Tages gab es zwischen der Herrschaft einen Streit, einige der Bediensteten hörten das Wortgefecht. Es war schwierig herauszufiltern, worum es dabei ging. Wenige Tage später litten alle, die am Abend zu Tisch waren, an einer Vergiftung.«

»Ja, Mrs. Millstone hat mir davon berichtet. Wie stufen Sie den Vorfall denn heute ein?«

»Ich glaube, es war versuchter Mord an allen, die zu Tisch waren.«

»Wie kommen Sie auf diese fantastische Theorie? Ist doch etwas weit hergeholt, nicht wahr?«

»Durchaus nicht, wenn man bedenkt, dass Sir Dawson sein Testament ändern wollte, was er dann auch tat. Sein gesamtes Vermögen soll zu gleichen Teilen an alle Bewohner von Dawson Hall aufgeteilt werden. Lady Dawson hatte damit ihre Probleme, wie ich erst kürzlich von Mrs. Broder erfahren habe.«

»Mrs. Broder? Ach ja, ich habe sie auf Dawson Hall kurz gesprochen – nicht gerade eine Person von Heiterkeit.«

»Sie konnte das Gespräch aus nächster Nähe verfolgen, ist aber sehr loyal zu Lady Dawson, daher schwieg sie. Warum sie es mir dennoch erzählt hat, da kann ich nur mutmaßen, vermutlich ein falsches Wort, eine Beleidigung zu viel – Lady Dawson schert sich nicht viel um die Gefühle anderer.«

Inspector Braunington schnaufte nachdenklich.

»Sie wollen damit also behaupten, dass sich Lady Dawson, mit einem Schwung von einigen potenziellen Erben befreien wollte?«

»Korrekt, das wollte ich damit sagen. Nach reichlicher Überlegung kam ich zu diesem Entschluss.«

»Haben Sie dafür auch einen Beweis? Verstehen Sie mich nicht falsch, das klingt alles sehr plausibel, aber dennoch ist es bis jetzt nur eine Geschichte, die man mit wenigen Änderungen so umdrehen könnte, dass die Tat von Ihnen oder Mrs. Millstone durchgeführt wurde.«

Mrs. Millstone hakte ein: »Inspector, wenn ich Sie erinnern darf, ich war zum Zeitpunkt des Vorfalles erkrankt, Mrs. Westerly kochte statt meiner. Sie werden, so wie ich Sie kenne Mrs. Westerly noch befragen, allerdings kann ich Ihnen jetzt schon sagen, dass ich erfahren habe, dass sich Lady Dawson in der Küche aufhielt, um der Köchin die Essgepflogenheiten einzurichtern, höchst unüblich, dass die Herrin eine Aufgabe der Haushälterin übernimmt, nicht wahr? Es wäre ihr ein Leichtes gewesen, geschickt die vorbereiteten ungiftigen Feldgurken gegen die giftigen auszutauschen – wer würde die Dame des Hauses schon verdächtigen in einem derartigen Fall? Doch sie hatte nicht damit gerechnet, dass es alle überleben. Vermutlich war die Dosis dann doch zu gering.«

»Ich nehme an, Sie haben auch eine Erklärung, wie Sir Dawson ermordet wurde?«

Beide Damen sahen sich an und entgegneten dem Inspector im selben Moment: »Nein«

»Tut mir leid Inspector, ich kann es mir immer noch nicht erklären.«, erwiderte Miss Bryne.

»Kommen wir nun zu Elster Canning. Was ist mit ihr passiert?«

»Ich war vor wenigen Tagen bei meinem Haus, ich hatte es von meinen Eltern geerbt. Ich mag das Haus, es ist sehr geräumig und ich fühle mich darin geborgen. Aber das wird Sie nicht interessieren. Ich öffnete also die Tür, ging hinunter, ich wollte in der Küche nach dem Rechten sehen und da lag sie, am Boden in einer Blutlache wie ich sie noch nie zuvor gesehen hatte. Das viele Blut, ich war wie versteinert, ich wusste nicht, was ich machen sollte. Ich ging wie gesteuert die Treppe hoch, verschloss die Tür und wandelte geistesabwesend die Stanley Road hinunter, ich weiß nicht mehr wie weit. Nach einiger Zeit, als ich wieder zu Sinnen kam, fand ich mich sitzend auf einer Bank wieder. Selbst der Ort, an dem ich mich befand, war mir im ersten Moment fremd. Ich versuchte, meine Gedanken zu ordnen. Ich versuchte zu verstehen, was hier vor sich geht. Wieso war sie tot? Was hat das alles zu bedeuten? Irgendwie erschien mir plötzlich die Welt anders als zuvor, ich kann es nicht näher beschreiben.«

»Miss Canning wohnte dort?«

»Ja.«

»Aber ich nehme stark an, dass Sie das Haus sauber hielten? Als ich das Haus vor kurzem besuchte, hatte ich den Eindruck, als wäre es unbewohnt.«

»Auch das ist korrekt, ich war nicht gewillt die Unordnung, welche diese Furie ... verzeihen Sie mir. Könnte ich vielleicht noch ein Glas Wasser haben?«

»Natürlich. Moment, Sie vernahmen keinen Gestank, als sie das Haus betraten?«

»Nein Inspector, wieso auch? Wie auch immer, die Sache ist die, dass ich Elster nicht aus freien Stücken in meinem Haus wohnen ließ.«

»Jetzt wird mir so einiges klar! Gehe ich recht in der Annahme, dass Miss Canning keine Miete bezahlte? Ganz im Gegenteil?«

Mrs. Millstone blickte verblüfft, nahm die Hand vor den Mund in einer Art, jetzt kommt nichts Gutes, zumindest für die aktuelle Situation von Miss Bryne.

»Sie hat mich erpresst.«

»Daraufhin haben sie die Erpresserin getötet. Wobei das nicht wirklich Sinn macht, denn ...«

Mrs. Millstone meldete sich zu Wort: »Im eigenen Haus Inspector? Miss Bryne hätte dafür sicher einen anderen Ort gefunden, um diese Gräueltat umzusetzen, nicht wahr? Kennen Sie das Moor, Inspector?«

Inspector Braunington nahm den Einwand knirschend entgegen und fuhr fort: »Sie haben somit die Leiche vorgefunden. Aber wer hat sie dann ermordet? Haben Sie dazu eine Theorie meine Damen? Da wäre noch etwas Miss Bryne: Haben Sie vom Tatort etwas entwendet?«

Miss Bryne schüttelte verneinend den Kopf: »Wäre mir nicht bewusst, ich denke nicht, nein. Ich wollte da einfach nur weg. Fehlt denn etwas?«

Der Inspector behielt einige Informationen, wie den entwendeten Ring und die fehlende Mordwaffe strategisch für sich. Der Zeitpunkt in dieser Sache Befragungen durchzuführen, wäre unpassend. Die Geschichte von Miss Bryne war durchaus schlüssig, allerdings traute er ihr noch nicht wirklich über den Weg. Sie hielt Informationen zurück, sie sagte nicht die volle Wahrheit, obwohl sie sich zum Thema Edward unerwartet offen zeigte. Es bestünde die vage Möglichkeit, dass sie gewisse Dinge, durch einen Schock, nicht mehr wusste oder aber geschickt ein Schauspiel vorführte.

»Bis zur Klärung des Falles nehme ich Sie in Haft Miss Bryne – Sie stehen nach wie vor unter Mordverdacht. Erst muss ich Ihre Geschichte überprüfen.«

Inspector Braunington winkte einen Constable herbei und ließ Miss Bryne abführen.

»Ach Mrs. Millstone, bitte noch auf ein Wort. Gehe ich recht in der Annahme, dass Miss Bryne Sie in ihrem trauten Heim aufsuchte?«

»Ja das ist korrekt Inspector, sie stand plötzlich vor mir, ich hatte im Garten zu tun und plötzlich stand sie da, ohne ein Wort zu verlieren.«

»Was hat sie zu Ihnen gesagt, ich meine, gibt es etwas, das nicht so ganz in das Gespräch gepasst hat? Eine Wortwahl, die mehrdeutig gewesen sein könnte, eine Geste, die Ihnen seltsam vorkam?«

» Als wir mein Haus betraten, wirkte sie verzweifelt - wenn Sie mich so fragen, so starrte sie einige Zeit auf ein Foto meines Neffen. Ich weiß noch, als ich ihr zur Beruhigung einen Tee servieren wollte, stand sie regungslos im Wohnzimmer und starrte auf das Foto.«

»Auf dem Foto war Ihr Neffe zu sehen, wie alt war er, als das Foto gemacht wurde?«

»In etwa 25, es war am Tag seiner Hochzeit, ein nettes Foto, ein hübsches Paar die beiden.«

»Sie stand da für einige Zeit also, hm, ist sonst noch etwas vorgefallen?«

»Nein, wir redeten hauptsächlich über den Vorfall in ihrem Haus, den Schock als sie es sah und ich legte ihr nahe, sich bei Ihnen zu melden.«

»Hatte sie kein Wort darüber verloren, warum sie es ablehnte, sofort zur Polizei zu gehen?«

»Nein, sie konnte es nicht erklären. Ich sprach sie natürlich darauf an, wer hätte das nicht, aber sie stotterte nur unsichere Worte ohne weitere Bedeutung. Ich für meinen Teil muss gestehen, dass mir so etwas noch nicht widerfahren ist. Ich gehe in ein Haus, in mein trautes Heim, darin finde ich eine Leiche. Als Reaktion darauf lebe ich mein Leben wie gewohnt weiter, gehe zur Arbeit und weiche von meinen Gewohnheiten nicht ab?«

»Sehen Sie Mrs. Millstone? Nun genau das beschäftigt auch mich. Aktuell fällt mir nur ein Typ Mensch ein, der entsprechend handeln würde, der Mörder!«

Mrs. Millstone verstand nun, dass es für Miss Bryne schlecht aussah, die Indizien sprachen eine wegweisende Sprache, allerdings verspürte sie auch den Zweifel, der sich im Kopf des Inspectors fixierte. Ein Puzzleteil passte nicht in das Gesamtbild, dieses zu finden war nun die große Aufgabe, um den Fall in die richtige Richtung lenken zu können.

»Nun ja Inspector, aber am Ende könnte es für ihr Verhalten auch eine andere plausible Erklärung geben. Sie stand vielleicht unter Schock, einem so schweren Schock, welcher den Vorfall in eine entlegene Region ihres Verstandes sperrte. Sie wandelte als Schatten ihres Selbst durch die darauffolgenden Tage und …«

»Ich weiß nicht, sicher, sie verhielt sich seltsam, dennoch denke ich, dass dies nicht der Grund für ihr Verhalten war, nicht nur. Da muss es noch etwas Anderes geben. Ich werde mir überlegen, eine Zusatzausbildung in Sachen Psychologie zu belegen, das wäre mit Sicherheit recht hilfreich. Kein so übler Gedanke, Psychologie und Verbrechen, Verbrechen und Psychologie.«

»Das klingt interessant Inspector, ich denke, dass …«

»Mrs. Millstone, ich muss nun zum Chief Inspector, es gibt einiges zu besprechen, wenn ich Sie bitten dürfte.«

Braunington begab sich, nach Verabschiedung von Mrs. Millstone, eilenden Schrittes zu Chief Inspector Presh.

Mrs. Millstone eilte im Yard Richtung Ausgang, als ihr ein bekanntes Gesicht entgegenkam.

»Chessley, schon wieder treffen wir uns hier? Wenn Sie zum Inspector möchten, der ist eben gegangen.«

»Mrs. Millstone, wie unerwartet, ja, also ich, ich wollte, nein ich habe, also ich hatte letztens meinen Hut hier vergessen und da wollte ich, also ich …«

»Den Hut vergessen? Tatsächlich Chessley? Alles in Ordnung?«

»Ja, natürlich, ja, wieso auch nicht. Ich werde nun wieder gehen.«

»Sie können, wenn Sie sich etwas vom Herzen reden möchten, es auch mir sagen Chessley, ich kann es dann dem Inspector mitteilen.«

Chessley wühlte nervös in seinen Taschen, kratzte sich kurz am Kopf und meinte: »Ja gut, sie sind nett, das geht sicher in Ordnung. Es geht um die Katzen.«

»Katzen?«

»Ja, die Katzen. Ich fand sie hinten im Garten, in der Nähe des Moors. Sie rührten sich nicht, sie waren alle tot.«

»Tatsächlich? Waren die Katzen verletzt? Sie wurden womöglich von einem Raubtier gerissen.«

»Nein, nicht verletzt, nur der Schaum.«

»Welcher Schaum?«

»Eine Katze hatte Schaum vorm Maul, Sir Dawson meinte Tollwut. Glaube ich aber nicht. Sie lagen alle beieinander.«

»Sir Dawson hat das gesagt? Wann haben Sie denn die Katzen gefunden?«

»Damals, als alle Bauchschmerzen hatten.«

»So, so, interessant. Chessley, das war sehr wichtig, ich werde es dem Inspector in Ihrem Namen mitteilen, da können Sie sich voll und ganz auf mich verlassen.«

Chessley bedankte sich bei Mrs. Millstone, er hatte wohl kein gutes Gefühl dabei, mit dem Inspector zu sprechen. Dennoch wollte er seine Beobachtung kundtun.

Kapitel 9 - Weitere Ermittlungen

Vor Chief Inspector Preshs Büro angekommen, klopfte Braunington beherrscht an der Tür.

»Kommen Sie herein Braunington, nehmen Sie Platz. Ich möchte gleich zur Sache kommen. Was geht da vor auf Dawson Hall? Ich erhielt einen Brief von Lady Dawson, dessen Inhalt Sie in keinem guten Licht zeigt.«

»Das verwundert mich nicht Sir! Die aktuellen Ermittlungen lassen vermuten, dass es Lady Dawson nicht so genau nimmt mit den Gesetzen.«

»Was meinen Sie damit?«

»Nun ja, sie steht, wie einige weitere Personen, unter Mordverdacht!«

»Unter Mordverdacht sagen Sie? Lady Dawson? Sie meinen, sie hat Sir Dawson ermordet?«

»Durchaus möglich Sir! Wäre ja nicht das erste Mal, dass so etwas passiert, nicht wahr? Es steht noch ein mehrfacher Mordversuch sowie ein weiterer Mord einer gewissen Elster Canning im Raum. Die Gruppe der Verdächtigen zieht sich zusammen – Mr. Emerick, der ehemalige Verlobte von Elster Canning, ein unüblich nervöser Mensch, aus dem werde ich noch nicht ganz schlau, sehr sonderbar, wir überwachen ihn auf Schritt und Tritt.«

»Dann hoffe ich, dass Sie schlussendlich mit Ihrer Theorie richtigliegen und genügend Beweise an den Tag legen können, sollte dem nicht so sein, dann könnte dies schlimm für Sie enden Inspector. Sie genießen mein vollstes Vertrauen, missbrauchen Sie es nicht, das kann Sie teuer zu stehen kommen! Mir ist klar, Sie haben einen, nennen wir es, Schutzengel, aber ich würde diesen nicht auf die Probe stellen. Auf ewig betrachtet, kann Sie dieser eines Tages im Stich lassen.«

»Das ist mir durchaus bewusst, glauben Sie mir, ich gehe entsprechend vorsichtig und mit gut überlegter List an dieses Wagnis heran. Lady Dawson hat einflussreiche Freunde – wobei ›Freunde‹ ist in diesem Kreis wohl anders zu verstehen.«

»Nun denn, ran ans Werk und enttäuschen Sie den Yard nicht Braunington!«

»Ich gebe mein Bestes Sir!«

»Braunington, beachten Sie wohl gemerkt, es gibt eine Grenze, sobald Sie diese überschritten haben, gibt es kein Zurück mehr. Ich kann Ihnen dann keine Hilfe mehr anbieten. Seien Sie behutsam und berichten Sie mir, sobald Sie Neuigkeiten haben.«

Am nächsten Tag fuhr Inspector Braunington erneut nach Dawson Hall um alle Bediensteten zu befragen, aber auch Lady Dawson, die nun enger in den Kreis der Verdächtigen gerückt war.

Er hatte die halbe Nacht überlegt, wie er das Eis brechen könnte, welches sich, ungünstigerweise, zwischen ihm und Lady Dawson gebildet hatte und die Ermittlungen bremste. Es wäre fatal, würde sich Lady Dawson hinter der Fassade der Aristokratie verstecken, jegliches Tor würde dabei ins Schloss fallen und Braunington käme nur sehr langsam in seinen Ermittlungen voran. So fasste er einen Entschluss und hoffte, dass seine Strategie Früchte tragen würde. Er trug seinen besten Anzug, als würde er die Oper besuchen, natürlich mit seinem gewohnten Paar rubinroter Schuhe.

In Dawson Hall angekommen, öffnete Mrs. Broder die Tür. Der Inspector bat sie nach Lady Dawson zu rufen, welche kurz darauf in der Eingangshalle erschien, wie gewohnt, schwarz gekleidet.

»Lady Dawson, ich muss mich bei Ihnen in aller Form für mein unangebrachtes Verhalten entschuldigen.«, tänzelte er der Lady entgegen.

»Inspector Braunington, kamen sie nun doch zur Einsicht und verwarfen Ihre absurden Anschuldigungen?«

»Es ist mir ein Rätsel, wie ich nur so in die falsche Richtung schlittern konnte. Ich bin untröstlich. Ich hoffe Sie können mir meine Irrgedanken verzeihen.«

»Nun ja Inspector, wir werden sehen. Kamen Sie nur, um mir dies mitzuteilen, oder leiteten Sie noch andere Beweggründe nach Dawson Hall?«

»In der Tat, Ihrem Scharfsinn entgeht doch nichts, ich möchte Ihnen mitteilen, dass wir Miss Bryne verhaftet haben.«

»Miss Bryne? Das wundert mich nicht, hat sie doch nie ihre Herkunft ablegen können. Gewöhnlich bleibt eben gewöhnlich, ist das Erscheinungsbild noch so graziös.«

»Sie sagen es, ihr dünkelhaftes Benehmen hat mich schließlich auf ihre Spur gebracht. Wäre ich doch nicht geblendet gewesen, hätte ich niemals auch nur ansatzweise …. »

»Ist ja gut Inspector, sie hat bereits gestanden?«

»Sie leugnet zwar noch den Mord an Sir Dawson und Elster Canning, aber wir werden ihren Widerstand bald brechen, erste Anzeichen dafür sind klar zu erkennen. Wir haben da so unsere Methoden bei Scotland Yard, zumindest ist ihre abstoßende, kalte Fassade bereits durchbrochen. Wenn wir doch nur die Mordwaffe im Fall Canning finden würden, dann hätten wir ein zusätzliches Druckmittel, dass sie auch im Fall Sir Dawson zusammenbricht und gesteht. Wäre es möglich Gespräche in dieser Richtung mit allen Bediensteten zu führen?«

»Selbstverständlich Inspector, Mrs. Broder wird Ihnen Tee bringen, ich denke, der Salon eignet sich exzellent für die Befragung.«

Handküssend, verbeugten Hauptes, verabschiedete sich der Inspector: »Ich stehe tief in Ihrer Schuld Lady Dawson.«

Die Hausherrin begab sich schweigend nach oben in ihre Räumlichkeiten, während Inspector Braunington vor die Bediensteten trat, um diese zu befragen.

»Meine Damen, Mr. Chessley, ich möchte Ihnen hiermit mitteilen, dass Miss Bryne verhaftet wurde. Es besteht der dringende Verdacht, dass sie Sir Dawson sowie Miss Elster Canning ermordet hat. Falls Ihnen dazu irgendetwas einfällt, wenn es auch nur eine Kleinigkeit ist, die Ihnen als unwichtig erscheint, dann bitte ich Sie, mir dies jetzt, oder unter vier Augen mitzuteilen. Darüber hinaus, kennt jemand von Ihnen die besagte Elster Canning?«

Die Bediensteten schwiegen kopfschüttelnd, keiner konnte oder wollte dazu eine Aussage tätigen.

Constable Ashford öffnete die Tür in den Salon und nickte dem Inspector zu, dabei übersah der Inspector, dass Chessley, der Gärtner, etwas sagen wollte, Chessley jedoch von Mrs. Broder, welche schräg vor ihm stand, sofort leise in dominanter Pose in die Schranken gewiesen wurde, bevor jemand davon Notiz nahm.

»Danke Constable, das wäre alles.«, entgegnete der Inspector Constable Ashford.

»Meine Damen, Mr. Chessley, Sie wissen, wo Sie mich finden, falls Ihnen doch noch etwas einfällt oder Sie eine Entdeckung machen, welche für diesen Fall von Wichtigkeit ist. An dieser Stelle möchte ich Ihnen noch nahelegen, dass Sie verpflichtet sind Informationen an Scotland Yard weiterzugeben. Sollten Sie dies nicht tun, machen Sie sich ebenso strafbar.«

Daraufhin verließen Inspector Braunington sowie Constable Ashford zur Überraschung der Anwesenden Dawson Hall recht zügig.

»Was sollte denn das?«, krächzte Mrs. Broder verständnislos. »Dafür unterbreche ich meine Arbeit? Der Inspector ist wohl nicht mehr ganz bei Verstand, eine Frechheit. Einfach das gesamte Personal zusammenzutrommeln für nichts und nochmals nichts!«

Ein Dienstmädchen meinte darauf: »Er wird sicher einen guten Grund dafür haben Mrs. Broder.«

»Schweig still du törichtes Ding, dich hat niemand um deine Meinung gefragt. An deiner Stelle würde ich wieder an die Arbeit gehen, sonst warst du die längste Zeit auf Dawson Hall tätig.«

Die Dienstmädchen eilten murmelnd an die Arbeit, nur Chessley der Gärtner blieb stehen. Er zögerte, wollte noch eine Äußerung tätigen, zu keiner bestimmten Person, sondern einfach nur etwas sagen, verließ dann aber wie alle anderen den Raum und ging schweigend wieder an die Arbeit.

Mrs. Millstone verbrachte ihren Nachmittag im Lake House, das Nachbarhaus der Dawsons bei ihrer geschätzten Koch-Kollegin Mrs. Westerly.

Ein typischer Tee-Tratsch über sämtliche Ereignisse der letzten Tage, Wochen, Monate – Gerüchte und Kuriositäten, Machenschaften und Kochrezepte sowie den üblichen, immer wieder erwähnten Krankheiten aller nur erdenklichen Personen.

»Das ist ja wirklich die Höhe, also so etwas, und dann hat er die Pastete doch tatsächlich mit Tupfen aus Marmelade versehen!«

»Unglaublich, was für ein Banause!«

»Sie sagen es Amber, Sie sagen es.«

»Haben Sie gehört Amber? In Dawson Hall gibt es Neuigkeiten – Miss Bryne wurde verhaftet, sie ist die Mörderin!«

»Was Sie nicht sagen?!«

»Ja, und auch Elster Canning hat sie ermordet! Wer hätte das gedacht! Wobei mir natürlich klar ist, warum sie Elster getötet hat, ihr blieb ja nichts Anderes über! Elster war schon immer eigenartig, bösartig, heimtückisch war sie, ja sie war ein Geschöpf verwogener Gedanken, aber nun musste sie handeln.«

»Nichts Anderes über? Sie musste handeln? Wurde Miss Bryne bedroht von Miss Canning?«, konterte Mrs. Millstone voller Neugierde.

»Bedroht? Darüber ist mir nichts bekannt. Ich weiß nur, dass Miss Canning über umfangreiches Wissen in Sachen Chemikalien verfügte. Schon als junges Ding verbrachte sie viel Zeit mit dem Teufelszeug ihres Vaters. Er nahm sie in jungen Jahren oftmals mit ins Labor, da passierte ja auch das Missgeschick, daher stammte auch die Narbe am linken Handrücken, die Haut wurde stark verätzt. Elster war etwas übereifrig mit den Chemikalien. Ich denke, sie sollte in seine Fußstapfen treten, das Interesse war sichtlich vorhanden. Ich frage mich, was sie ständig in dem Labor trieb. Das ist kein geeigneter Ort für ein kleines Biest.«

»Sie war also Chemikerin? So, so, interessant.«

»Ja, nicht wahr? Das Gift, Sir Dawson wurde doch vergiftet, stammte sicher von Elster, sie wusste natürlich nicht, wofür es Miss Bryne benötigte, oder Elster hat Miss Bryne beobachtet, als sie das Gift entnahm. Sie wurde in den letzten Tagen des Öfteren mit Elster gesichtet.«

»Schauderhaft wozu Menschen fähig sind, am Ende stehen wir alle vor großen Prüfungen, doch leider versagen einzelne immer wieder und greifen zu schrecklichen Maßnahmen.«

»Noch Tee Amber?«

»Aber gerne Agnes, die Kekse schmecken vorzüglich.«

»Ach Amber, stellen Sie sich vor, der Tote, der im Moor gefunden wurde, ich kann ihnen sagen, furchtbar! Es hat sich herausgestellt, dass er hier aus der Gegend ist.«

»Tatsächlich? Sie kennen ihn?«

»Nein, ich nicht, aber Mrs. Bonster, Sie wissen, die Apothekerin, sie hat mir erzählt, dass Mr. Wersings Frau ihn kannte, ihr Name ist mir jetzt nicht geläufig.«

»Rachel Wersing?«

»Ja, Rachel, ich kann diese Person nicht ausstehen, sie hat so etwas Arrogantes in ihrer Natur. Jedenfalls hört man die Leute munkeln, dass sie den Toten nicht nur beim Namen kannte, wenn sie verstehen.«

»Na so was, wo soll das noch hinführen? Übrigens haben Sie das Saftfleisch-Rezept ausprobiert, dass ich ihnen letzte Woche gab?«

»Natürlich, ein sehr schmackhaftes Gericht, ich habe selbst den restlichen Saft mit vollem Genuss bis auf den letzten Tropfen mit diesem …, wie hieß das aus feinen Kartoffelraspeln zur Kugel geformte Ding nochmal?«

»Knödel, es nennt sich Knödel, Agnes.«

»Ach ja, dieser Knödel schmeckte mit dem Bratensaft einfach himmlisch. Ich hätte nicht gedacht, dass Senf, Kapern und Essiggurken derartigen Geschmack verleihen.«

»Die richtige Kombination macht es aus und natürlich …«

»Majoran!«

Die beiden älteren Damen unterhielten sich noch für einige Tassen Tee, bis der Abend einbrach und Mrs. Millstone beschloss, den Heimweg anzutreten.

»Bevor ich gehe, möglicherweise war der Tote im Moor das Resultat von …«

»Amber! Sie meinen …?«

»Ja ich meine, es könnte doch sein, dass dieses irrsinnige Ritual der jungen Leute wieder oder noch immer praktiziert wird.«

»Ich hoffe nicht, zu viele gaben ihr Leben für diese unsinnige Probe ihres Mutes. Gute Nacht Amber, guten Heimweg.«

Am nächsten Tag besuchte Mrs. Millstone Inspector Braunington und erzählte ihm die neuen Erkenntnisse.

»Mrs. Millstone, da sind Sie uns zuvorgekommen, das bringt uns einen gewaltigen Vorsprung, hervorragend.«

»Ich tue, was ich kann Inspector.«

»Langsam ist das Bild komplett – nur die Sache mit Elster Canning ist mir noch nicht klar. Warum gerade Elster, was verbindet Lady Dawson mit Elster Canning? Miss Bryne wurde von Miss Canning erpresst und hatte dadurch ein Motiv sie zu töten, allerdings ist es doch seltsam, dass es einen nur geringen Geldfluss gab, das Haus stand sowieso leer.«

»Ja, Sie haben vollkommen recht, das ist schon eigenartig, irgendwo fehlt noch ein Teil in dem Puzzle, wie Sie es nennen Inspector.«

Mrs. Millstone und Inspector Braunington fingen immer und immer wieder von vorne an, die Vorgänge aus anderen Blickwinkeln zu betrachten, weitere Möglichkeiten auszuschöpfen sowie neue Theorien zu kreieren, wie auch wieder zu verwerfen.

Am Ende kamen sie immer wieder zu dem Punkt, dass noch ein entscheidendes Glied in der Kette fehlte.

Dahingehend beschloss der Inspector, den Gedankenaustausch vorerst zu beenden, als Mrs. Millstone plötzlich einhakte: »Die Katzen!«

»Katzen? Was ist mit Katzen?«

»Das habe ich in der Aufregung vergessen. Sie haben sicher noch nicht mit dem Gärtner Chessley gesprochen, nicht wahr?«

»Nein, dazu hatte ich noch keine Gelegenheit, beziehungsweise keinen nennenswerten Grund, was ist nun mit den Katzen?«

»Chessley hat mir erzählt, dass er zum Zeitpunkt, als die Vergiftungen in Dawson Hall passierten, einige tote Katzen in der Nähe des Moors an der Grenze zum Garten fand. Eine davon hatte Schaum vorm Maul.«

»Tote Katzen? Schaum vor dem Maul? Nun ja, Tollwut würde ich sagen.«

»Das meinte auch Sir Dawson zu Chessley. Allerdings glaubt Chessley das nicht, da die Katzen eng beieinanderlagen, jemand hat sie dort hingelegt, als sie bereits tot waren.«

»Ja gut, bis auf den Zeitpunkt verstehe ich jetzt nicht, was das mit dem Fall zu tun haben soll.«

»Das dachte ich mir, dass Sie das sagen werden, hm.«

»Haben Sie denn eine Theorie Mrs. Millstone?«, erkundigte sich der Inspector einigermaßen zermürbt, da er in der Kürze keinen Zusammenhang finden konnte.

»Wenn Sie mich so fragen, dann wäre es doch möglich, dass jemand ein kleines ›Gemüse-Experiment‹ mit den Katzen durchgeführt hat.«

»Ein Experiment meinen Sie? Mit Gemüse? Hm, so, so, hm. Ich verstehe, Sie meinen jemand machte sich Gedanken darüber, wie viel von dem giftigen Gemüse nötig ist, um ein Lebewesen damit zu töten.«

»Korrekt Inspector, wobei, nicht nur in Gedanken, sondern in der praktischen Anwendung.«

»Eine Sache stört mich dabei aber noch, seit wann essen Katzen Gemüse?«

»Ich bin davon überzeugt, dass es genau darum ging. Was ist nötig, um den Geschmacks- und den Geruchssinn der Katzen zu täuschen, bis sie das tödliche Futter akzeptierten und sich wortwörtlich zu Tode fraßen, um das Ergebnis des Experiments als Grundlage für weitere Anwendung beim Menschen heranzuziehen.«

»Interessanter Ansatz. Da haben Sie eine ausgeklügelte Theorie aufgestellt. Das macht eindeutig Sinn. Wobei, wäre mir diese Information zugespielt worden und hätte ich mehr Zeit zum Nachdenken gehabt, dann wäre ich wohl zu ähnlicher oder selber Schlussfolgerung gekommen und …«

»Natürlich Inspector, natürlich, das steht außer Zweifel.«, schmunzelte Mrs. Millstone. »Ich muss dann wieder los.«

Der Inspector blickte Mr. Millstone noch einige Momente nach und meinte hinsichtlich leicht verstört: »Teufel noch eins!«

Am darauf folgenden Tag stattete Inspector Braunington dem Savoy einen Besuch ab. Er hinterfragte, ob sich Lady Dawson im Gästebuch eingetragen hatte. Dies wurde bestätigt. Sie blieb für eine Nacht, machte einen epochalen Aufstand, weil sie nicht über die Absage der Kunstausstellung informiert wurde. Allerdings beschwichtigte sie der Hotelmanager, dass sämtliche Absagen per Brief rechtzeitig versendet wurden. Nur Lady Dawsons Brief war anscheinend nicht angekommen.

»…und es war definitiv Lady Dawson?«

»Ohne Zweifel Inspector, die verehrte Lady ist hausbekannt, immer sehr ruhig, insofern alles ihren Wünschen entspricht. Sie ist ein gern gesehener Gast.«

»Spendabel, nehme ich an, oder?«

»Sie pflegt einen durchaus finanziell freizügigen Lebensstil zu führen, wenn ich das so sagen darf, insofern alles ihren Wünschen entspricht.«

»Ist Ihnen sonst etwas aufgefallen an Lady Dawson?«

»Wie gesagt, sie hat sich fürchterlich empört über die gescheiterte Ausstellung, das kann wohl jeder bezeugen, der an diesem Tag in der Empfangshalle verweilte. Ich bot ihr an, die Kosten für den Aufenthalt zu übernehmen, sie willigte ein – allerdings hatte sie anderweitige Ausgaben hier im Hotel, welche die eben erwähnten Kosten bei Weitem übertrafen.«

»Da hatten Sie wohl noch einmal Glück, nicht wahr? Was war der Grund für die Absage des Künstlers?«

»Inspector, der Künstler verweilt nicht mehr unter uns, Edgar Degas verstarb vor beinahe 2 Jahren in Paris, nur seine Gemälde sollten ausgestellt werden. Es gab jedoch einen Zwischenfall, eine Beschädigung beim Transport, Genaueres ist uns leider nicht bekannt.«

»Verstehe, diese Kunst ist nicht mein Gebiet, ich bevorzuge ein anderes.«

»Ach ja, vermutlich die Operette oder gar die Oper?«

»Mord meine Herren, Mord – guten Tag.«

»Wenn Sie Ashford sehen, schicken Sie ihn in mein Büro!«, orderte der Inspector einen Mitarbeiter im Yard an, wobei Ashford bereits am Weg in das besagte Büro war.

»Ah, Ashford, das ging aber schnell!«

»Ich verstehe nicht ganz Inspector? Ich war …«

»Schon gut, ich habe nach Ihnen rufen lassen, und … wie auch immer, ich erwarte Ihren Bericht, legen Sie los.«

»Wie von Ihnen angeordnet, habe ich mir die Wohnräumlichkeiten vorgenommen, die von Mr. Emerick. Schon eigenartig, dass er so verwirrt oder nervös war. Die Tür hat er einfach offenstehen lassen, seltsam. Ich ging sehr gründlich zur Sache, jedoch konnte ich nichts Auffälliges finden. Der typische Haushalt eines alleinstehenden Mannes mittleren Alters. Ich konnte keine einzige Spur von Elster Canning entdecken, weder ein Bild, noch sonstige Damenartikel. Was jedoch einigermaßen wunderlich erschien, war ein kleines Kästchen in Form einer alten Truhe. Diese war bestückt mit zwölf Ringen. Die Ringe sahen zwar kostspielig aus, nach dem Lebensstandard von Emerick, würde ich aber auf Fälschungen tippen – ich habe drei davon mitgenommen, sehen Sie.«

»Sieh an, sieh an, was schließen Sie daraus Ashford?«

»Ich habe mir bereits meine Gedanken dazu gemacht, ich denke er hatte wohl mehr als nur eine Beziehung und ist dabei mehr oder weniger gut vorbereitet.«

»Emerick eine Art Gigolo? Ich denke nicht, dass Emerick etwas mit dem Mord zu tun hat. So ein nervöses Kerlchen, nein, da sehe ich keinen Ansatzpunkt. Aber dass seine Nerven einen derartigen Lebenswandel aushalten? Nun ja, womöglich ist dies das Resultat seines Lebenswandels, würde mich nicht wundern. Zurück zum Inventar, keine Fotos von Elster oder sonst einer Dame sagten Sie?«

»Korrekt Sir, kein einziges Foto war zu finden, nur diese Ringe. Er lebt sonst sehr bescheiden.«

»Der Umgang mit Frauen ist teuer, Ashford!«, zwinkerte Inspector Braunington dem Constable zu.

»Ich verstehe. Zu Protokoll gab er, nicht gerade schlecht zu verdienen, wenn ich das so sagen darf, somit stehen seine Ausgaben gefährlich nahe seinem Einkommen, dem Kleiderschrank zu schließen, welcher mit schicken Anzügen gespickt ist.«

»Zur Tatzeit gab er an in Venedig gewesen zu sein, geschäftlich, ich denke, er hatte eine Dame ausgeführt, in die Stadt der verliebten Herzen und endlosen Gondelfahrten im Geträller des Gondolieres. Verträumte Lichtermeere, ein Glas Rotwein, der Teller voller erlesener Meeresfrüchte.«

Constable Ashford blickte den Inspector verblüfft an, waren seine eben verträumten Worte doch nicht einfach nur so dahin gesprochen, sondern in einer Tonart vorgebracht, die mehr vermuten ließ.

»Ich verbrachte meine Hochzeitsreise an besagtem Ort, Ashford, glauben Sie mir, so romantisch ist es da auch wieder nicht. Ein Strangulierter trieb bereits etwas aufgeweicht im Wasser und das fand meine Frau abstoßend … nun gut, fahren wir fort, was haben Sie noch zu berichten?«

»Wie gesagt, in seiner Unterkunft konnte ich ansonsten nichts finden. Die Observation von Emerick unterstrich die Vermutung. Er hatte an einem Tag drei Damen um sich schwirren, natürlich auf den Tag verteilt.«

»Na? Ein kleiner Scherz am Rande Ashford?«

»Die erste Dame, eine große, schlanke, brünette mit einem auffallend stattlichen Hut traf er in einem Café, eine klare Verabredung. Es wurde herzhaft gelacht, geplappert, Kaffee getrunken sowie ein Glas Sekt genossen. Die zweite Dame, etwas kleiner als Emerick, selbe Abfolge in einem anderen Café. Die dritte Dame, wobei Dame hier nicht angebracht erscheint, eine kleine, pummelige, etwas ältere Frau mit auffallender Handtasche. Mit dieser hatte er ein Gespräch in einem Pub, es war dabei recht schwierig unentdeckt zu bleiben, gelang mir dann aber doch.«

»Eine kleine, pummelige, ältere Frau meinen Sie?«

»Ja, gewelltes Haar, sprach wie von der Tarantel gestochen auf Emerick ein.«

»Das wird doch nicht ...«

»Nein Sir, es war nicht Mrs. Millstone, wenn Sie darauf hinauswollen! Mrs. Millstone hat Format, die Anwesende allerdings, ich hatte den Eindruck, als würde sie ihn bedrohen. Es gab einige Wortgefechte, jedoch war es zu laut in dem Pub, als dass ich den Worten lauschen konnte, nur wenige Wortfetzen drangen durch auf meinen Platz. Es ging um Geld, Zukunft und, wenn ich mich recht entsinne, Ehre sowie Ruf.«

»Ashford, begeben Sie sich nochmals in besagtes Pub und finden Sie diese Frau, ich denke Sie werden sie dort früher oder später antreffen. Ich habe den regen Verdacht, dass es sich hier um eine Verwandte handelt, womöglich hat er Schulden bei besagter, oder Ähnliches. Klären Sie die Situation, befragen Sie sie in Richtung Emerick, ob unser Verdacht, bezüglich seiner Lebensweise zutrifft, sodass wir ihn entlasten können. Er könnte immer noch unser Mann sein, ein Persönlichkeitsgestörter, besser gesagt ein Irrer, der eine Vorliebe hat in tote Augen zu blicken.«

»Erinnern Sie mich nicht daran Inspector, ich habe diesbezüglich immer noch ein schlechtes Gewissen, hätte nie gedacht, dass der nette Kerl, der uns auch noch bei unseren Ermittlungen unterstützt hatte, bereits drei junge Frauen ermordet hat. Grässlich, so ein unschuldiger Blick, aber dahinter ein herzloser, gewissenloser, fanatischer Schlächter.«

»Darauf will ich hinaus Ashford, Sie haben Talent, achten Sie unbedingt auch immer auf die Dinge, die als unwahrscheinlich abgestempelt werden. Manchmal liegt die Wahrheit oder der Weg dahin, in einer Unwahrscheinlichkeit, zumindest aus dem Blickwinkel des Betrachters. Wir leben in einer schwierigen Zeit. Viele sind traumatisiert und können mit der aktuellen Situation nicht umgehen.«

»Ich werde mir das zu Herzen nehmen Sir.«

»Einen scharfsinnigen, intelligenten Wahnsinnigen mit Drang zur durchdachten Kriminalität zu entlarven, ist recht schwierig, insofern er einen selbst bereits mit seiner dunklen Gabe um den Finger gewickelt hat.«

Ashford verließ daraufhin nachdenklich den Inspector und machte sich erneut auf den Weg nach Aylesbury.

Es war nun an der Zeit, die am Tisch liegenden Fakten zusammen zu tragen. Braunington studierte abermalig die Berichte von Cown, Dr. Cohl, Constable Ashford sowie auch über den einstigen Fall Edward Dawson, den der frühere Chief Inspector führte.

Sir Dawson wurde vergiftet, eine tödliche Dosis, eingeatmet, keine weitere Gewalteinwirkung.

Elster Canning erstochen, tödliche Wunde am Hals, weitere Einstiche am Rücken, eng beieinanderliegend, einseitig gebrochene Rippen durch massiven Schlag oder Tritt.

Edward Dawson, ertrunken, Unfall, Wasser in Lunge, keine Wunden oder Verletzungen.

Am Ende des Berichtes ›Edward Dawson‹ hatte der damalige Ermittler, Chief Inspector Hapes, eine Notiz hinterlassen, welche Braunington bis dahin übersehen hatte: ›Bei Neuaufrollung dringende Kontaktaufnahme erbeten.‹

Der Inspector war daraufhin entschlossen, keine weitere Zeit zu verlieren und dem pensionierten Hapes sofort einen Besuch abzustatten.

Kapitel 10 - Das Labor

»Braunington! Sie sind gealtert mein Guter! Macht Ihnen immer noch der Fall ›Gewaltloser Mord‹ Kopfzerbrechen?

»Erinnern Sie mich nicht daran, wir ermitteln noch, scheußliche Sache. Hapes, wie ergeht es Ihnen im Ruhestand?«

»Gut, um nicht zu behaupten, sehr gut. Ich kann Ihnen sagen, anfangs war es natürlich schwierig, aber es hat sich mit der Zeit gebessert und seit ich den Hund habe, kann ich erhobenen Hauptes sagen: Ich ertrage meine Frau nun den ganzen Tag.«

»Ihren Humor haben Sie nicht verloren, das ist unüberhörbar.«

»Was tut sich im Yard? Gibt es einen Fall, der unsere Wege erneut kreuzen lässt?«

»In der Tat Hapes, in der Tat! Ich habe den regen Verdacht, Sie wissen bereits, worum es sich handelt?«

»Dawson Hall!«, posaunte Hapes wie aus der Pistole geschossen in den Raum.

»Alter Bluthund!«

»Ich wusste, dass es früher oder später dazu kommen wird. Ich nehme an, Sie haben den Vorfall ›Edward Dawson‹ bereits als Unfall gestrichen?«

»Richtig, wenn das ein Unfall war, trage ich Ashford eine Woche im Yard durch die Gänge.«

»Ashford? Ah, der junge Neuling, wie geht es ihm?«

»Ich habe ihn, ohne sein Wissen, für die Beförderung zum Detective Sergeant vorgeschlagen. Er hat Potenzial, hin und wieder ein kleiner Patzer, aber gewichtiger sind seine Erfolge. Sagen wir mal so, ohne Ashford gäbe es so manches zusätzliche Problem zu bewältigen. Guter Junge, ich denke, er wird, wenn er den Kurs beibehält, in wenigen Jahren Detective Inspector sein.«

»Fein, gute Männer kann der Yard in Tagen wie diesen gut brauchen. Man möchte meinen, die Schwerverbrechen werden wieder zur Mode.«

»Da haben Sie ins Schwarze getroffen, die Fälle stapeln sich. Das Hauptproblem liegt allerdings darin verborgen, dass es gut geplante Morde sind. Da erschießt nicht einfach A den Widersacher B, nein, A beauftragt C einen D zu finden, der wiederum B dazu bringt E zu töten um sich daraufhin von F in den Selbstmord treiben zu lassen. Ärgerlich, viel Papierkram ist da zu erledigen.«

Lachend und voller Verständnis stimmte Hapes Inspector Braunington zu. Für eine geschlagene Stunde kritisierten die beiden diverse Vorgehensweisen im Yard, den Superintendent und dessen Vorgehensweise, Vorschriften sowie die Welt des drohenden organisierten Verbrechens.

»… ja, die treibt mich noch in den Wahnsinn, aber sie kann sehr gut mit der Schreibmaschine umgehen, die rattert nur so dahin. Wie war das nun damals auf Dawson Hall?«

»Ein sonderbarer Fall. Ich erinnere mich, es war unwirklich in Bezug auf die Personen und deren Reaktionen, das Umfeld, die Gespräche. Die Mutter, Lady Dawson, zeigte keine einzige Emotion, sie stand da und reagierte einfach nicht auf den Vorfall, als wäre es nicht passiert. Der Gärtner hingegen verhielt sich, als wäre sein bester Kumpel dahingeschieden. Die Gouvernante, sie hatte einen Nervenzusammenbruch, brach in sich völlig zusammen, ich konnte kein vernünftiges Wort aus ihr herausholen, manchmal hatte ich den regen Verdacht, als wollte sie mich schlagen. Nur wenige Momente später wirkte sie, als würde sie im nächsten Augenblick ersticken. Der Vater hingegen, Sir Dawson, zeigte sich den Umständen entsprechend normal, etwas abwesend vielleicht, grob betrachtet aber vernünftig.«

»Das ist ja interessant, die Gouvernante, Miss Bryne am Boden zerstört und die Mutter, Lady Dawson kalt wie die Nacht. Wussten Sie das von Edward und Bryne?«

»Was meinen Sie?«

»Die beiden waren ein Liebespaar.«

»Was Sie nicht sagen, nein, das war mir entgangen. Seltsam, für mich sah es so aus als … da war doch noch eine junge Dame, wie war noch mal ihr Name, hm, ich muss überlegen, Elsbeth denke ich, ja Elsbeth, haben sie mit ihr gesprochen Jeff?«

»Nein, eine Elsbeth ist mir unbekannt. In welcher Verbindung stand sie mit dem Fall?«

»Nun ja, ich hatte … hmm, ehrlich gesagt war es damals ziemlich schwierig, die Ermittlungen voran zu treiben. Alles deutete auf einen Unfall hin, wäre da nicht das seltsame Verhalten der Anwesenden gewesen. Das lässt einen wie uns doch aufhorchen, um weiter zu graben. Irgendwo sind unbeantwortete Fragen geblieben. Eine davon war: Wie passierte der Unfall? Ist er ins Wasser gesprungen? Hat er sich daraufhin am Grund gehalten, in sitzender Position? Das Wasser war am Rand zu seicht, obschon ein Betrunkener und eine Pfütze ausreicht, um dahinzuscheiden. Hatte er sich den Kopf gestoßen und war dadurch bewusstlos? Nein, es gab keinerlei Verletzungen am Kopf oder sonst wo am Körper von Edward. Also lag damals auf der Hand, er schwamm hinaus, die Kraft verließ ihn und er ertrank. Doch der Gärtner, ebenso eine seltsame Szene, ich kann mich noch gut erinnern, brüllte, als wir Befragungen in der Nachbarschaft durchführten, dass Edward nicht schwimmen konnte. Was dann passierte, war filmreif. Ein junger Polizeianwärter lief zum Steg, der einige Meter in den See reichte, zog sich die Uniform aus und sprang ins Wasser. Er überprüfte den Wasserstand an einigen Stellen, mit dem Ergebnis, dass man bewusst, oder mit viel Pech, nahe des Steges als Nichtschwimmer ertrunken wäre. Sie kennen ihn sehr gut Jeff.«

»Ah! Ashford?«

»Genau der, ein guter Mann. Als wir den Fall damit auf sich beruhen lassen wollten, Sie wissen, wir hatten gewissen Druck von oberster Stelle im Yard, kam diese Elsbeth. Sie hatte etwas Unheimliches an sich, etwas Verstörtes, ihr Blick, die Art wie sie sprach und die vernarbte Hand, welche sie ständig präsentierte – höchst seltsam. Sie meinte in der Art ›Niemand stirbt in Unschuld‹ oder so ähnlich und erwähnte, eines der Boote würde fehlen, obwohl Sir Dawson bestätigte, dass es nur ein Ruderboot gab – dieses lag angebunden am kleinen Steg. Wir beachteten das verstörte, aufdringliche junge Ding nach einigen weiteren, ähnlichen Meldungen nicht weiter und schlossen den Fall als Unfall ab, in gewisser Hinsicht auch als Forderung von oberster Stelle, wenn Sie verstehen.«

»Ich glaube, der Name der jungen Dame war Elster und nicht Elsbeth?«

»Genau! Elster, wie konnte ich mich da nur irren, seltsames Geschöpf. Haben Sie mit ihr gesprochen? Sie kennen sie?«

»Sagen wir mal so, ich kam ihr näher, kniend, als sie vor mir lag.«

»Jeff? Wie meinen Sie das? Erzählen Sie mir jetzt bloß keine Eskapaden oder derartige …«

»Tiefe, tödliche Stichwunde im Hals, mehrere im Rücken. Dr. Cohl bat mich, ihm beim Wenden der Leiche zu helfen, das war vielleicht eine Angelegenheit, Ihr bezaubertes Geschöpf war bereits seit einigen Tagen tot und verbreitete ihr nettes Wesen in Form eines stechenden Geruches im gesamten Haus.«

»Ach sie … schade, sehr schade, hätte mich interessiert, was aus ihr geworden ist.«

»Das kann ich Ihnen sagen. Eine ermordete Erpresserin, sie wusste von Bryne und Edward und erpresste Bryne damit.«

»Oh, verstehe, hm, liegt da nicht auf der Hand, dass Bryne auf Canning losgegangen ist und sie ermordete?«

»Das soll wohl so den Anschein haben, passt aber nicht in das Gesamtbild. Ich hatte eine ausführliche Unterhaltung mit Ms. Bryne, anfangs war sie die Hauptverdächtige, aber nun, ich denke nicht, dass sie es war. Da spricht so einiges dagegen, schon, dass der Mord in ihrem Haus geschah, dass sie sich nach dem Mord an den Tatort begab, nein das passt nicht. Irgendwo passt auch nicht die Art des Mordes, die Vorgehensweise. Sieht mir eher nach leidenschaftlicher Rache aus. Erpresser werden nicht auf diese Weise beseitigt. Die Tatwaffe fehlt übrigens auch.«

»Sieh an, sieh an, da wird wohl jemand bald um ein scharfes Stück reicher sein?«

»Den Eindruck haben wir auch, mich würde es nicht wundern, wenn wir sie in den Räumlichkeiten von Miss Bryne auf Dawson Hall bald finden, womöglich noch mit Blut daran. Ich hatte vorausdenkend Ashford damit beauftragt, den Raum gründlich danach zu durchsuchen, als ich zuletzt die Bediensteten über den Aufenthaltsort von Miss Bryne, welche kurzfristig untergetaucht war, befragte. Im Zimmer war nichts zu finden, mal sehen ob diese plötzlich, wie aus Geisterhand, in einer der Laden landet.«

»Ihr Fall klingt ja sehr spannend.«

»Ja, da wäre noch viel zu berichten, ach, wenn ich schon da bin, möchten Sie es hören?«

»Natürlich, heute wollte meine Frau mit mir auf eine Besichtigungstour, darauf kann ich gerne verzichten. Schießen Sie los!«

»Da wäre zu Beginn der Tod von Sir. Dawson, er …«

Inspector Braunington ging den kompletten Fall, sämtliche Einzelheiten mit Hapes durch, sie grübelten, wägten Ereignisse ab, kamen zu weiteren Theorien und diversen verbesserungswürdigen Themen im Yard. Am Ende, es war Nacht geworden, verabschiedeten sie sich und gingen wieder ihrer Wege.

Starker Regen prasselte über die Dächer von London, in den Straßen bildeten sich kleine Bäche, die sich ihren Weg zur nächsten Kanalmündung bahnten. Braunington blickte aus dem Fenster seines Büros und beobachtete nachdenklich die vielen Regenschirme, die wie Insekten umherschwirrten, für deren Träger schützend gen Himmel gerichtet. Er grübelte über das gestrige Gespräch mit Hapes nach, er versuchte, gewisse Passagen zu überdenken, waren doch einige Ansätze darunter, welche die richtige Richtung zu weisen schienen:

Wenn Lady Dawson Sir Dawson auf dem Gewissen hat, warum starb Elster Canning?

Falls ebenso durch die Hand von Lady Dawson, versucht sie, die Tat Dolores Bryne in die Schuhe zu schieben? Wieso?

Wusste sie von der Erpressung? Durch wen? Durch Elster? Kannten sich die beiden näher?

Lieferte Elster das Gift an Lady Dawson? Musste Elster sterben, da Lady Dawson keine Zeugen um sich haben wollte?

Erpresste Elster auch Lady Dawson?

Das klingt plausibel. Lady Dawson ermordet Sir Dawson mit dem Gift, welches Elster Canning besorgte, diese erpresste daraufhin Lady Dawson und ... nein. Elster war bereits tot, bevor Sir Dawson starb. Dazu die Art und Weise, nein, da stimmt etwas nicht.

»Ashford! Kommen Sie doch bitte in mein Büro!«

»Sir, ich wollte eben den Bericht schreiben bezüglich der dritten Frau, mit der sich Emerick traf.«

»Ja? Erzählen Sie es der Einfachheit halber.«

»Ich führte mit ihr ein ausführliches Gespräch, natürlich ist sie seine Mutter. Sie ist enttäuscht von ihrem Sohn, ein ›Weiberheld‹ wie sie ihn nannte.«

»Das erklärt einiges, somit können wir diese Spur endgültig abhaken.«

»Sehr wohl Sir.«

»Ach Ashford, ich hoffe, Sie haben nichts dagegen, ich habe Sie für die Beförderung zum Detective Sergeant vorgeschlagen.«

»Oh, danke Sir, nein, also ich bin sehr erfreut, danke Sir.«

»Schon gut, Sie leisten gute Arbeit. Wenn Sie nun das Labor aufsuchen und nach dem Kerzenständer im Falle Dawson fragen würden, ich erwarte einen Bericht, dieser ist bereits überfällig.«

»Bin schon auf dem Weg Sir.«

Ashford war im Labor des Yard angekommen und informierte sich wie vom Inspector gefordert über den Bericht der Analyse des Kerzenständers samt darin befindlichem Kerzenstummel. Nach einigen Minuten der Suche nach einem ansprechbaren Laboranten hatte er endlich Erfolg. Ein älterer, wie ein Professor aus dem Buche wirkender Herr winkte dem Constable.

»Sie schickt Braunington, nicht wahr?«

»In der Tat Sir, ich soll einen Bericht abholen.«

»Jeff kann ruhig einen Moment warten, kommen Sie doch mal mit.«

»Jeff?«

»Braunington natürlich, William J., das J steht für Jeffrey, ich kenne ihn schon seit vielen Jahren, für mich ist er einfach Jeff.

Ashford war etwas erstaunt über das Interesse an seiner Person, sollte er doch nur einen Bericht abholen, nun nahm ihn der Weißkittelträger praktisch an der Hand und ging mit ihm direkt in die Laborversuchsabteilung.

»Jeff, also Inspector Braunington gab mir diesen Kerzenständer samt Resten einer Kerze, um diese zu analysieren – ich möge nach einem Gift wie Blausäure suchen, meinte er.«

»Korrekt Sir, der Fall auf Dawson Hall verbirgt so manche Verwunderung.«

»Kann ich mir gut vorstellen, an sich ist es nicht schwierig, ein cyanidhaltiges Gift nachzuweisen, wenn man sich im Klaren darüber ist, wo man suchen muss. Haben Sie einen Verdacht, wie der Mord, also die Vergiftung an sich über die Bühne gegangen sein könnte, Ashford?«

»Ich denke, er wurde von hinten überrascht, mit einem Tuch vor dem Gesicht, welches die tödliche Dosis enthielt.«

»In welcher Form? Ist Ihnen der Umgang mit Blausäure bekannt?«

»Nein Sir, nicht im Geringsten.«

»Also, mit einem Tuch können Sie jemanden betäuben, ein klassisches Beispiel wäre das Opiat Morphin. Blausäure hingegen, ist da schon etwas verzwickter, oder sagen wir besser, gefährlicher in der Handhabe. Sie müssen wissen, Sie würden sich selbst in höchste Gefahr bringen. Ohne Sicherheitsmaßnahmen an Ihrem Körper, sowie der Atemwege, würden Sie womöglich neben dem Toten liegen. Ein weiterer Punkt wäre, dass es keine Druckstellen im Gesicht gibt. Dazu kommt, das Opfer würde sich mit aller Kraft wehren, typisch dafür sind Spuren unter Fingernägeln. Nein, in diesem Fall kann diese Methodik ausgeschlossen werden. Noch eine Idee?«

Constable Ashford strengte sich an und versuchte das Rätsel zu lösen, hatte er sich dazu noch keine richtigen Gedanken gemacht. Seine Position hatte ihm das Gefühl vermittelt, sich nicht damit zu beschäftigen, es den Ranghöheren zu überlassen, zu kombinieren, zu analysieren. Jetzt wo er bald befördert würde, kämen bedeutendere Aufgaben auf ihn zu, damit wurde in ihm ein Funke entzündet, der ihn nicht mehr loslassen sollte. Er ließ sich die möglichen Szenarien durch den Kopf gehen. Sir Dawson saß an seinem Schreibtisch, plötzlich das Gift, wo kam es her? War noch jemand im Raum? Das Fenster stand offen, kam eine Person herein und entschwand auf diesem Weg wieder? Was hat das mit dem Gift zu tun? Wurde das Gift mit einer Handpumpe in das Gesicht des Opfers gesprüht? Wenn dem so wäre, was suchte er dann im Labor? Was hat das alles mit der Kerze und dem Kerzenhalter zu tun? Er konnte es sich nicht erklären, so verneinte er und ließ den Chemiker zu Wort kommen.

»Jeff, also Inspector Braunington hat den Verdacht, dass eine Cyanidkapsel geplatzt sei, und das darin befindliche Gift freigesetzt wurde, direkt vor dem Gesicht des Opfers, wie hieß der arme Kerl noch mal?«

»Sir Anthony Dawson.«

»Richtig, wissen Sie, die Sirs, Lords und Ladys sind mir nicht so geläufig, ich investiere ehrlich gesagt keine Zeit in das Leben der wohlhabenden Schicht. Ich denke, dass die Tage der Schlösser und kolossalen Herrenhäuser bald vorüber sein werden. Es mag seinen Reiz haben, allerdings, wenn ich nachts durch die Straßen ziehe und all das Elend sehe, dann muss man sich doch die Frage der gerechten Verteilung stellen, oder etwa nicht?«

»Oh ja Sir, da stimme ich Ihnen völlig zu, ich sehe täglich den menschlichen Abschaum, wie er von vielen bezeichnet wird, jedoch sollte man sich vorher darüber im Klaren sein, dass jeder von uns in der Gosse landen kann, das geht schneller, als man zu glauben wagt.«

»Ja, das Schicksal kann uns alle treffen und böse ins Gesicht schlagen. Sie haben die richtige Auffassung, das gefällt mir. Aber nun zurück zum mystischen Kerzenständer des Inspectors. Ich habe diesen genau analysiert unter Berücksichtigung aller Fakten, welche vom Inspector, dem Spurensucher Cown und Dr. Cohl an mich weitergereicht wurden. Der Kerzenständer selbst zeigt keinerlei Spuren einer giftigen Substanz, dieser dürfte ziemlich antik sein, ein Kollege sieht ihn sich nachher an, allerdings nur aus Eigeninteresse bezüglich der Datierung. Nun gut, der Kerzenstummel, ebenfalls Fehlanzeige, nichts zu finden. Wir haben hier sehr gründlich gearbeitet, weder der Docht, noch das Kerzenwachs zeigt Spuren eines Giftes auf.«

»Das wird dem Inspector aber nicht sonderlich gefallen. Ich habe das Gefühl, er setzte eben noch sehr viel in die Theorie mit dem Kerzenständer, welche auch immer das war.«

»Nicht so voreilig Ashford! Noch sind wir nicht geschlagen! Die Theorie ist folgende, Inspector Braunington ist ein schlaues Kerlchen. Nehmen wir mal an, jemand kommt in den Besitz einer … nun ja, da ich Jeff gut kenne, sollte er Ihnen das besser selbst erzählen, ich möchte die Katze nicht aus dem Sack lassen, da es ja seine Idee war und dabei lag er goldrichtig, zumindest sieht es danach aus.«

»Goldrichtig? Wobei? In Besitz von was?«, schallte es aus Ashford, der nun Blut geleckt hatte und natürlich voller Neugier den Rest wissen wollte, was war geschehen? Wie genau wurde Dawson ermordet?

»Fahren Sie nur fort Preston, ich lausche gerne Ihrer ruhigen, melodischen Stimme.«, ertönte es vom Eingang in den Laborbereich.

»Ah, Jeff! Welch eine nette Überraschung!«

»Wie ich sehe, hat Robes Sie unter Beschlag genommen Ashford. Ja wahrlich, aus den Fängen von Preston Robes ist noch niemand entkommen. Gnadenlos hascht er nach seinem nächsten Opfer und zerrt es in die tiefsten Winkel im Yard. Manche wurden lange Zeit vermisst. Man munkelt zu düsterer Stunde, dass der ein oder andere Constable für unmenschliche Experimente herhalten musste und nie wiedergesehen war.«

»Worauf der Inspector hinauswill, ist, dass …«

»Nein, nein Preston, da kommen Sie nicht wieder raus.«, gab der Inspector lachend von sich. Ashford stand nur verwundert zwischen den beiden, verstand die Pointe sichtlich nicht.

»Nun gut, fahren Sie fort Preston. Wir waren bei der Pille.«

»Korrekt, also nehmen wir an, jemand kommt in Besitz einer Blausäurepille, ein konzentrierter, kleiner Überbringer des Todes. Wie bekommt man allerdings das Opfer dazu die Pille freiwillig einzunehmen und das in Abwesenheit des Täters? Hier hatte der Inspector eine Theorie, welche er mit mir teilte. Ich solle das Wachs des Kerzenstummels nach Spuren eines cyanidhaltigen Giftes untersuchen, doch leider erfolglos. An der Unterseite des Kerzenständers hatte sich etwas Kerzenwachs gesammelt, nicht viel, aber es reichte aus, um eine Analyse durchzuführen. Das Ergebnis war erstaunlich, Cyanidwasserstoff war im Wachs gebunden, konzentriert und hoch giftig.«

Ashford brabbelte aufgeregt: »Aber wie kam es dahin? Wieso war im Kerzenstummel kein Gift, im darunterliegenden Wachs sehr wohl?«

Da meldete sich der Inspector wieder zu Wort: »Bedenken Sie Ashford, der Mord sollte in Abwesenheit des Täters passieren, zeitverzögert. Die Cyanidpille wurde in das Wachs der Kerze eingegossen, vermutlich im oberen Teil, Sie verstehen? Die Kerze brennt langsam runter, die Hülle der Pille schmilzt und …«

»Das ist ja ein Ding, wem fällt denn so etwas ein?«, unterbrach Ashford überhastet und beeindruckt vom Einfallsreichtum des Täters.

»Der Mord wurde über einen längeren Zeitraum geplant, perfekt geplant, oder am Ende doch nicht. Es kam allerdings dazu, dass etwas Wachs beim Austreten der Blausäure verschüttet wurde, durch das Opfer, als er mit der Handkante leicht gegen den Kerzenständer schlug, geplagt durch schreckliche Krämpfe.«

»Unglaublich, wäre das nicht passiert, wäre der Täter davongekommen?«, betonte Ashford erstaunt.

»Nun ja, hm, möglich, könnte sein, dass das Gericht den Täter anhand mangelnder Beweise freigesprochen hätte, da ist was dran.«, murmelte Braunington nachdenklich. »Beweise, hmmm.«

Ashford war immer noch sprachlos, hatte er bis zu diesem Zeitpunkt eher mit einfacheren Delikten zu tun. Ihm dämmerte es langsam, anhand der möglichen Beförderung, dass das Gespräch mit Preston Robes geplant war. Langsam wurde ihm klar, dass Inspector Braunington in ihm wohl mehr, als nur einen Constable sah, als einen Sergeant, vielleicht wäre dies der erste Schritt zu Höherem.

Entsprechend ermutigt stieg das Interesse am Fall, seine Gedanken rasten und versuchten mit den Informationen die er hatte etwas beizutragen, obschon ihm klar war, dass Braunington zu den schlausten Köpfen im Yard zählte, mit voller Unterstützung und Vertrauen des Chief Inspectors. Die Motivation zeigte schnell die erste erfolgreiche Kombinationsgabe, als sich Ashford dem Inspector zuwandte und meinte: »Das Gift stammte also von Canning, welche daraufhin zum Schweigen gebracht wurde?«

»Ah, sehr gut Ashford, das sehe ich genauso. Allerdings beachten Sie die Art und Weise wie das Opfer starb. Derartige Liquidationen finden, wenn es sich nur darum dreht, jemanden zum Schweigen zu bringen, eher an einem anderen Ort statt. Die Vorgehensweise lässt ebenfalls Zweifel zu. Versetzten Sie sich in die Lage des Täters. Die Person, die Ihnen das tödliche Gift besorgt hat, soll sterben, wie gehen Sie das an? Sie fahren nach Oxford, betreten das Haus des Opfers, nehmen ein Messer, rammen es der Person in den Hals. Das Opfer geht zu Boden, Sie treten mit voller Wucht seitlich in das Opfer ein und stechen danach mehrmals in den Rücken um einen Zeugen zu beseitigen?«

»Nein, ich würde die Person wohl eher von einer Klippe stürzen oder Ähnliches, sollte wie ein Unfall aussehen, für immer verschwinden lassen, zum Beispiel im Oddington-Moor versenken.«

»Korrekt, sehen Sie, das ist das Problem, welches sich in meinem Kopf festgefressen hat, da geht es um bedeutungsvolleres, folgenreicher, als es den Anschein hat.«

»Wenn der Täter allerdings derart schlau war, die Sache mit der Pille zu drehen, könnte es doch auch der Fall sein, dass der Mord in diesem Sinne inszeniert wurde, dass Scotland Yard ein Problem damit hat, ein Akt der Verwirrung, was meinen Sie Inspector?«

»Möglich, wäre möglich, nur glaube ich nicht daran. Die Verletzungen sagen mir, da ging es um Rache, extreme impulsive Ausschüttung von Hass. Diesbezüglich hatte ich Miss Bryne in Verdacht, ganz von der Stange ist sie noch nicht, sie ist schlau, das darf man dabei keineswegs vergessen. Mein Gefühl sagt mir aber, dass sie eine Nebenrolle spielt, möglicherweise aber auch das nächste Opfer sein könnte. Darum habe ich sie in Gewahrsam genommen, zu ihrem eigenen Schutz. Nun gut, ich denke, ich begebe mich nun in mein Büro, zum Chief muss ich auch noch. Preston, es war mir eine Ehre, danke für ihre ausgezeichnete Arbeit.«

»Gerne Jeff, ich freue mich immer wieder sondergleichen über Besucher, mit so tiefsinnigen Windungen des im Haupte tragenden Organs.«

»Gut gesagt Preston, gut gesagt, nun denn.«

Braunington und Ashford gingen ihrer Wege, Ashford hatte noch einige anderweitige Arbeiten zu erledigen.

Kapitel 11 - Zurück in Dawson Hall

Der Inspector kam in seinem Büro an und wollte etwas Ruhe genießen, waren es doch anstrengende Tage, als vor seinem Büro am Kleiderständer ein vertrauter Hut und Mantel hing. Er kannte diese Kleidungsstücke zwar, konnte sie aber in diesem Moment keiner Person zuordnen, dies sollte sich allerdings schnell ändern.

»Guten Tag Inspector!«

»Mrs. Millstone, damit hätte ich jetzt nicht gerechnet. Was führt Sie zu mir?«

»Eine Idee, eine Theorie zu den Morden im Falle der Dawsons.«

»Tatsächlich? Haben Sie schlaflose Nächte Mrs. Millstone?«

»Ehrlich gesagt kam ich darauf, als ich ein Gespräch mit Luise führte, eine Bekannte aus meinem Heimatdorf. Sie ist Witwe, verlor darüber hinaus beide Kinder und ihren Bruder. Ihr Bruder war ein netter Mann, sehr hilfsbereit und zuvorkommend. Einer der Sorte, der den Müll anderer Leute nicht links liegen lässt. Doch wie gesagt, alle verstorben, ein Jammer.«

»Das ist sehr bedauernswert und tragisch Mrs. Millstone.«

»In der Tat Inspector, allerdings, Sie müssen wissen, ich war bei ihr zu Besuch, ein nettes kleines Haus in Little Milton. Wir saßen im Wohnzimmer und unterhielten uns. Sie erzählte mir von ihren beiden Kindern und dem schmerzhaften Verlust, den sie bis heute nicht verdaut hat, dahingehend hat sie immer ein schwarzes Kleidungsstück an ihr, welches ihren Schmerz zum Ausdruck bringt. Entweder ist es die Bluse, der Rock, die Hose oder ein Halstuch.«

»Das ist nicht ungewöhnlich, wobei, das erinnert mich an Lady Dawson, sie trägt immer schwarz, jedenfalls habe ich sie noch nicht anders zu Gesicht bekommen.«

»Genau das ist mir auch aufgefallen, ich hatte die Jahre nicht weiter darüber nachgedacht. Wenn man Tag für Tag einen rosa Vogel mit goldenen Punkten im Garten sieht, so kümmert es einen irgendwann nicht mehr – so erging es mir mit Lady Dawson im ewigen Schwarz.«

»Halte ich jetzt aber nicht für ungewöhnlich Mrs. Millstone, worauf wollen Sie hinaus?«

»Sind das ihre Frau und Kinder Inspector? Da auf dem Foto.«

»Ja, nett nicht? Ich habe gerne meine Liebsten in meiner Nähe, auch wenn es nur auf einem Foto …«

Inspector Braunington hielt ein, zog die Augenbrauen hoch und starrte mit großen Augen an Mrs. Millstone vorbei in Richtung Fenster. Er ging im Zimmer hin und her, seine Gedanken versuchten die gesamte Tragweite des Falles zu erfassen. Er murmelte vor sich her, wirbelte dirigierend mit den Armen, bis er schlagartig stehen blieb, Mrs. Millstone entschlossen fixierte und in den Raum posaunte: »Ach du Schreck!«

Dem Inspector wurde blitzartig der gesamte Vorgang klar. Edward, Elster, Miss Bryne, Sir und Lady Dawson ...

»Das ist ja verstrickter, als es anfangs den Anschein hatte! Aber so muss es gewesen sein. Die Fotos, die Bilder!«

»Darauf wollte ich hinaus Inspector, die Fotos in Dawson Hall, wo sind sie? Warum sind keine da? Ich denke nicht, dass Lady Dawson diese in ihren Räumlichkeiten aufbewahrt. Ich bin davon überzeugt, dass sich aus gutem Grund kein einziges Foto in Dawson Hall befindet, welches Edward zeigt. Ich habe den regen Verdacht, dass Lady Dawson der Grund dafür ist. Lady Dawson verhielt sich seit dem Tod von Edward seltsam, kein Wunder, aber am Ende befürchte ich, dass es um sie schlimmer steht, als von mir und gegebenenfalls Ihnen angenommen. Ich erinnere mich, dass sie ab und an regungslos im Raum stand, starrend in eine Richtung. Nichts sagend stand sie da, ich dachte mir nichts weiter dabei, das Personal sollte nicht zu viel über die Herrschaft nachdenken. Ich habe so eine Ahnung, dass dieser Zustand mit den nun nicht mehr vorhandenen Fotos und Bildern zu tun hat, welche Edward zeigen.«

»Davon bin ich nun auch überzeugt, allerdings, wenn ich es mir recht überlege, könnte es doch einen Ort im Anwesen geben, der ein Foto von Edward verbirgt. Ich denke, Sie haben nichts dagegen, wenn ich Ihnen die Vorfälle aus meiner Sichtweise vortrage?«

»Ich brenne darauf Inspector!«

»Betrachten wir doch die Vorfälle der letzten Jahre im Gesamtbild. Wir beginnen bei Edward Dawson und Elster Canning. Jung, womöglich verliebt, oder bestand dieses Gefühl doch nur einseitig von Elster? Wie auch immer, dann kam Miss Bryne. Der junge Edward verbrachte sehr viel Zeit mir ihr, sie war ja auch seine Gouvernante, doch zum Leid von Elster, immer weniger mit ihr – aber daraus wurde mehr. Schüler und Lehrer verliebten sich – ein junges Liebespaar im siebenten Himmel. Doch wer verlor, wer konnte damit nicht umgehen, praktisch als fünftes Rad am Wagen? Elster Canning! Ihr Herz zerbrach in unzählige Stücke, aus Tränen wurde ein Schmerz, der sich immer tiefer in die Psyche der labilen jungen Dame bohrte. Es gab eine Auseinandersetzung zwischen Edward und Elster. Sie wollte ihn zurückhaben, doch er wies sie ab, sein Herz gehörte Miss Bryne. Als Elster die beiden auch noch beobachtete bei gewissen Intimitäten, wandelte sich der Schmerz in grenzenlosen, tiefen Hass um. Sie kannte sich vermutlich hervorragend mit Betäubungsmitteln aus, also schmiedete sie einen Plan. Wenn sie Edward nicht haben konnte, dann sollte auch Miss

Bryne ihn nicht haben. Sie bat Edward zu einem Treffen, vermutlich dachte Edward an freundschaftliche Versöhnung in seiner Naivität. Doch etwas später betäubte sie ihn und schmiss ihn in den See – er ertrank. Was Elster nicht wusste oder vergaß, dass Edward wasserscheu war. Zu ihrem sonderbaren Glück erwähnte dies aber niemand. Der Gärtner wurde anscheinend nicht ernst genommen. Miss Bryne konnte nichts sagen, da Elster sie in der Hand hatte, Bryne war von Anfang an klar, von wem die Briefe kamen – sie hätte ihren Posten verloren und wäre womöglich gesellschaftlich abgesunken. Lady Dawson war in ihrer Art festgefahren und wollte es nicht erkennen, jeder Skandal ist zu vermeiden. Sir Dawson wusste es vermutlich nicht, er kümmerte sich wohl nicht wirklich um seinen Sprössling. Bei der Befragung damals, zeigte sich Sir Dawson etwas zu gefasst, er hatte wohl keine großen Erwartungen in den Jungen gesetzt, als angenommen. Lady Dawson hingegen ...«

»... trug seit dem Tod von Edward nur noch schwarz und fiel in ein tiefes, schwarzes seelisches Loch. Ich denke, dazu ist nicht mehr hinzuzufügen – sie hat es nie wirklich verarbeitet, daher wurden auch sämtliche Fotos und Gemälde von Edward entfernt.«

»Exakt Mrs. Millstone, exakt. Weder Miss Bryne noch Lady Dawson haben es verarbeitet, beide wurden durch den Vorfall traumatisiert und sind es noch bis heute. Doch Lady Dawson, das darf man nicht vergessen, war die Mutter von Edward. Sie war mit Stolz erfüllt, doch dann verstarb ihr einziger Sohn auf mysteriöse Weise. Das lässt eine Kluft offen, die niemals verarbeitet werden kann und eines Tages unter einem gewaltigen Beben berstet – und genau das passierte in der Stanley Road, genau das. Mit einer enormen Wucht überkam es Lady Dawson und sie geriet in Rage. Wie ein Berserker stürzte sie sich über Miss Canning und ...«

»Sie vermuten also, dass Lady Dawson Elster Canning ermordet hat?«

»Als ich im Haus von Miss Bryne meine Ermittlungsrunden gedreht hatte, fielen mir einige Fotos auf, Fotos, auf denen ein junger Mann abgebildet war. Ich bin davon überzeugt, das war Edward Dawson. Ist nur eine Vermutung, da ich bis heute kein Foto von ihm gesehen habe, aber ich stelle mir die Tat so vor: Lady Dawson und Elster Canning kannten sich natürlich. Ihr war bekannt, dass Miss Canning ohne Umstände Blausäure beschaffen konnte. Dies war auch geschehen, vermutlich wurde sie dafür gut entlohnt. Die Übergabe des Giftes fand im Haus von Miss Bryne statt. Doch nun passierte etwas, womit Elster Canning nicht gerechnet hatte, sie hat es schlicht vergessen oder war etwas naiv, vielleicht hat sie es auch übersehen, weil Miss Bryne zuvor im Haus war, ohne dass es Elster wusste.«

»Sie spannen mich auf die Folter Inspector, was meinen Sie?«

»Die Fotos von Edward! Sie standen im Zimmer, in dem Elster starb. Lady Dawson sah diese, ich denke, nun kamen zwei entscheidende Vorgänge ins Rollen. Kombinationsgabe und Rage. Sie hätte auch falsche Schlüsse ziehen können, aber ich bin davon überzeugt, in diesem Moment sah sie rot, sie erkannte, wer ihren geliebten Sprössling beseitigt hatte. Denn an einen Unfall oder Selbstmord glaubte Lady Dawson nicht. Es war ihr Sohn, der jeden Tag an ihrer Seite war, sie kannte jede seiner Emotionen, denn sie hat ihn groß gezogen, nicht wahr? Es gab kein Kindermädchen, es wurde keines erwähnt.«

Mrs. Millstone sah den Inspector skeptisch an und meinte dazu: »Ist eine Möglichkeit, klingt plausibel. Ich möchte jedoch hinzufügen, dass mir zu Ohren kam, dass hin und wieder eine Art Kindermädchen auf Dawson Hall anzutreffen war. Mir ist jedoch nicht bekannt, wer das war und ob dies von Wichtigkeit ist.«

Der Inspector fuhr in voller Euphorie fort: »Lady Dawson, völlig außer sich, nahm eines der Messer aus der angrenzenden Küche und stach Elster Canning mit Wucht in den Hals und durchtrennte dabei unter anderem die Halsschlagader – eine tödliche Verletzung. Sie sank sehr stark blutend zu Boden, Lady Dawson trat mit dem Fuß, womöglich mehrfach, gegen die Seite des Oberkörpers und brach ihr dabei 3 Rippen, festgestellt bei der Autopsie durch Dr. Cohl, dabei landete Miss Canning am Bauch und Lady Dawson stach, getrieben durch Hass und Rache, mehrmals in den Rücken auf das zu ihren Füßen liegende, wehrlose Opfer ein. Nach der Tat entfernte sie noch einen Ring vom Finger der dahinscheidenden Canning und nahm das Messer an sich. Um den Tatzeitpunkt zu verschleiern, drehte sie den Backofen auf, ließ die Ofenklappe offen und sorgte damit für wohlige Wärme, entscheidend für den Verwesungsprozess. Danach verließ sie ungesehen das Haus.«

»Wozu der Ring? Das Messer nahm sie auch mit? Ist das nicht recht ungewöhnlich? So wie Sie das sagen, hört es sich an wie eine Trophäe oder ein Souvenir.«

»Lady Dawson ist nicht auf den Kopf gefallen, sie handelte zwar in Rage, aber ihr war klar, ich vermute nach einiger Bedenkzeit als sie die Leiche betrachtete und ihr die Folgen ihres Handelns bewusst wurden, dass sie die Tat jemand anderem in die Schuhe schieben muss.«

Amber Millstone schoss wie aus der Pistole: »Miss Bryne!«

»Voll ins Schwarze getroffen Mrs. Millstone! Miss Bryne wurde von Lady Dawson eiskalt zum Sündenbock ernannt.«

»Aber wieso? Welchen Hass schleppt sie gegen Miss Bryne mit sich?«

»Ich denke, nein ich bin davon überzeugt, dass sie von dem Techtelmechtel zwischen ihr und ihrem Sonnenschein wusste. Miss Bryne war in den Augen von Lady Dawson ebenso schuldig, wie Elster Canning.

»Das hört sich alles sehr schlüssig an. Mich haben Sie zwar annähernd überzeugt mit Ihrer Beschreibung der Tatvorgänge, aber wie wollen Sie das alles beweisen?«

»Das wird schwierig. Mir fehlen selbst noch einige Informationen, um weiter vorgehen zu können. Es ist von höchster Wichtigkeit, dass Sie weder Dawson Hall, noch Lake House besuchen. Sprechen Sie mit keinem der dort hausenden Personen!«

»Natürlich Inspector, ich danke Ihnen, dass Sie mich in den aktuellen Stand Ihrer Ermittlungen eingeweiht haben.«

»Ich kann Ihnen zwar nicht genau sagen, warum ich das getan habe, vielleicht sind Sie mir einfach nur sympathisch Mrs. Millstone.«

»Nur keine Schmeicheleien Inspector, am Ende wird es noch peinlich … für Sie Inspector, für Sie! Aber ich muss nun wieder los.«

»Nicht vergessen was ich Ihnen gesagt habe, halten sie sich fern von Oddington! Ich melde mich bei Ihnen, sobald ich zum Schlussakt komme.«

»Danke Inspector, ich werde Ihren Rat befolgen und es mir zu Hause gemütlich machen. Guten Tag.«

»Ashford, bringen Sie doch bitte Miss Bryne zu mir ins Büro, ich habe noch einige Fragen an sie.«

»Sehr wohl Sir.«

Die Unterhaltung mit Miss Bryne verlief für den Inspector sehr positiv. Seine Theorien wurden dadurch weitgehend verstärkt. Er hatte recht mit dem Kindermädchen, nur sehr selten war eines im Hause. Lady Dawson kümmerte sich selbst um ihr Kind, sie verzichtete auf den Großteil aller gesellschaftlichen Verpflichtungen, widmete ihr einst unbekümmertes Leben voll und ganz Edward. Ganz im Gegenteil zu Sir Dawson, der das Kind eher als Sache sah, einen Umstand, etwas Vorhandenes, bis es eines Tages wieder verschwunden war.

»Es gibt allerdings noch eine Sache, die ich bis jetzt nicht erwähnt hatte Inspector, als ich … ich habe zwischendurch noch eine Frage die mir zusetzt: Sehen alle Zellen so aus wie die meine?«

»Nein, wir haben Sie in Schutzhaft genommen, daher dürfen Sie sich auch über etwas mehr Komfort erfreuen als ein Dieb, Erpresser oder gar Mörder.«

»Ich verstehe, ich war schon stark verwundert über … nun ja, wie dem auch sei, wo war ich?«

»Sie wollten mir etwas erzählen? Ich denke, Ihnen ist in der Ruhe der Abgeschiedenheit etwas eingefallen, ich hoffe von Bedeutung.«

»Natürlich, das Lachen.«

»Lachen?«

»Es war nach dem Tod von Edward. Sir Dawson hatte des Öfteren Besuch von verschiedenen seltsamen Artgenossen, bei dieser Gelegenheit trug er immer wieder humorvolle Verse vor, aber auch witzige Kurzgeschichten. Ich ging meiner gewohnten Arbeit nach, als ich Lady Dawson am Ansatz zur Treppe ins Parterre stehen sah. Sie rührte sich nicht, ihre Hände waren zu Fäusten geballt und sie zitterte am ganzen Leib vor Anspannung. Ständig vernahm ich das übertrieben laute Gelächter, welches aus einem der Räume erschallte und die Situation unwirklich erscheinen ließ. Ich sprach sie an, ich stand dabei nur einen Meter von ihr entfernt, sie nahm mich jedoch nicht wahr. Sie wirkte enorm angespannt, ihr Gesicht, ihre gesamte Haltung wirkte bedrohlich. Erst als ich ihren Arm berührte, sah sie mich schlagartig entsetzt mit weit aufgerissenen Augen an. Sie vermochte mir in diesem Augenblick Angst einzujagen – doch, ohne auch nur ein einziges Wort zu verlieren, wandelte sie langsam die Treppe hinunter, ging zur Tür hinaus in den Garten. Ich folgte ihr ungesehen. Sie ging zum See, setzte sich auf die kleine Steinbank, verweilte dort für mehr als eine Stunde, bis sie wieder in ihren Räumlichkeiten verschwand.«

»Miss Bryne, wurden Lady Dawson nach dem Tod von Edward Medikamente verschrieben? Besuchte sie einen Psychologen, Psychiater, oder kam gar einer nach Dawson Hall?«

»Weder noch, sie lehnte jegliche Form des ›Sinnesraubes‹, wie sie es nannte, ab.«

»Ich verstehe, werte Miss Bryne, ich denke, ich habe nun sämtliche Informationen, wenn Sie es gestatten, erlauben Sie mir, Ihr Zimmer auf Dawson Hall gründlich zu durchsuchen?«

»Mein Zimmer? Was glauben Sie dort zu finden? Aber, da Sie mich vorzüglich behandelt haben, gestatte ich es Ihnen natürlich, obwohl dies eine Unordnung schaffen wird, ich möchte gar nicht daran denken.«

»Packen müssen Sie sowieso Miss Bryne, das wird sich nicht vermeiden lassen. Der Constable bringt Sie nun wieder in ihre zwei Sterne Zelle. Ich hole Sie später ab, da wir gemeinsam eine kleine Reise nach Oddington antreten, das wird unangenehm, aber es ist nötig. Sollten Sie etwas benötigen, Ashford wird sich darum kümmern.«

Inspector Braunington eilte zu Chief Inspector Presh und weihte ihn in seinen Ermittlungsstand ein. Eine heikle Sache, es handelte sich schließlich um eine angesehene, im Land weit bekannte adelige Persönlichkeit. Jeder weitere Schritt musste nun exakt überlegt, geplant, weitgehend durchdacht sowie mit allen nötigen Personen abgestimmt sein. Braunington war bekannt, dass der Chief Inspector einen sehr guten Kontakt zu einem angesehenen Psychiater hatte, den er unbedingt Vorort benötigte – auf Dawson Hall, um den Fall abzuschließen, insofern möglich.

Inspector Braunington gab Constable Ashford die Anweisung, um sechs Uhr abends mit Miss Bryne und Mrs. Millstone samt dem Psychiater in Dawson Hall einzutreffen. Der Inspector machte sich schon zuvor auf den Weg, da er noch einige Antworten auf offene Fragen finden musste.

»Ah Mrs. Broder, bitte veranlassen Sie, dass sich sämtliche Bediensteten sowie Bewohner von Dawson Hall um sechs Uhr abends im Salon einfinden möchten, ich bin Ihnen zutiefst verbunden, natürlich auch Lady Dawson. Ich habe noch im Schreibzimmer zu tun.«

»Ich werde es Madame ausrichten, hier entlang.«

Der Inspector wollte sich nochmals mit dem Fenster im Schreibzimmer befassen, sowie dem Schreibtisch. Nach wie vor hatte er ein seltsames Gefühl, etwas übersehen zu haben. Den Schlüssel zum Schreibzimmer hatte er dabei und schloss die Tür auf. Als er in das Zimmer eintrat, traute er seinen Augen nicht, die beiden Fenster standen halb offen. Energisch ging er auf diese zu und untersuchte verblüfft die Fensterbank, welche keine Spuren aufwies, außer etwas Staub, der sich auch im Raum verbreitete. In diesem Moment wurde dem Inspector klar, dass er die Fenster zuletzt verschlossen hatte und nun durch das Öffnen der Tür und dem dabei entstehenden Sog sich diese von selbst geöffnet hatten. Diesen Umstand überprüfte er sofort und entdeckte, dass einer der Schließmechanismen geringfügig verzogen war, man musste das Fenster gezielt an der Unterseite etwas nach hinten drücken, damit es fest verriegelt war. Sir Dawson war dieser Umstand mit Sicherheit bewusst gewesen. Der Person, die das Fenster vor dem Tod von Sir Dawson verschlossen hatte, war es entweder nicht klar, oder aber es war Absicht, damit das Gift aus dem Raum entweichen konnte, sobald jemand die Tür öffnete – das wäre sehr raffiniert.

Der Schreibtisch befand sich im selben Zustand, wie ihn Braunington verlassen hatte, die Bücher lagen noch am Tisch, den Rest hatte er wieder verstaut. Er räumte nochmals die Laden aus und sichtete die Fotos sowie Unterlagen. Auf den Fotos war kein Edward zu erkennen. Voller Hoffnung dachte der Inspector, hier ein Foto zu finden, doch leider, nichts. Als er die Laden enttäuscht wieder befüllte, begann er die Bücher in die oberste linke Lade zu verstauen, doch die Lade ging daraufhin nicht mehr zu, die Bücher nahmen zu viel Platz ein. Verwunderung machte sich breit, denn die Laden waren doch von außen betrachtet gleich gebaut. So schob er beide Laden aus der Führung und vertauschte diese, passten einwandfrei. Somit war klar, die Lade war zwar von exakt gleicher Größe wie die darunterliegende, allerdings nicht in deren Fassungsvermögen. Der Inspector untersuchte den Boden der Lade und entdeckte an einer Stelle vertiefte Kratzspuren, ein doppelter Boden kam mit etwas Geschick zum Vorschein. Das war es, wonach der Inspector gesucht hatte. In dem Geheimfach lag ein Manuskript eines überarbeiteten Testaments, sowie zwei Fotos von Edward Dawson. Der Testamentsentwurf beinhaltete eine Passage, welche Lady Dawson aus dem Testament entfernte. Dies erstaunte den Inspector, war er doch davon ausgegangen, dass zumindest ein kleiner Funke Liebe im Hause Dawson existierte, dem war anscheinend nicht so.

Die beiden Fotos zeigten Edward, als er ungefähr 10 Jahre alt war mit Sir Dawson. Da war die Welt wohl noch heil im Auge des Hausherrn. Braunington nahm die Fotos sowie den Testamentsentwurf an sich und verließ das Schreibzimmer in Richtung Salon.

Kapitel 12 - Plädoyer

»Ich möchte mich vorerst bedanken, dass Sie alle meiner Aufforderung Folge leisteten und hier auf Dawson Hall erschienen sind. Es erspart mir, so wie Ihnen, sehr viel Mühe und Zeit. Ich habe Sie aus gutem Grund hierhergebeten, ich möchte Ihnen die Klärung des Falles ›Dawson Hall‹ präsentieren. Wie Sie wissen, wurde Sir Anthony Dawson am Morgen des 20. April tot aufgefunden, von Miss Bryne der Haushälterin, welche daraufhin die örtliche Polizei alarmierte. Scotland Yard wurde verständigt, mir wurde der Fall anhand meiner Erfahrung in der gesellschaftlichen hohen Schicht, dem Adel, zugeordnet. Wer mich noch nicht kennt, mein Name ist Detective Inspector William J. Braunington.

Wie wurde Sir Dawson ermordet, diese Frage beschäftigte Scotland Yard die letzten Tage und versetzte einige Ermittler, Laboranten sowie die Spurensicherung vor ein schwieriges Thema. Der Tod trat durch eine gewaltige Dosis von Blausäure ein, das Opfer, Sir Dawson hat diese eingeatmet und starb binnen weniger Sekunden unter enorm schmerzhaften Krämpfen. Allerdings, und hier spielte der Zufall eine gewichtige Rolle, passierte etwas, das den beachtlich gut geplanten Mord ins Wanken brachte. Ja, der Täter verfügt über einen bemerkenswerten Intellekt, plante die Tat bis ins Detail. Doch wie es der Zufall will, weicht die Realität nur zu oft eine winzige Spur vom Plan ab. Sir Dawson schlug mit der Hand, während er mit den extremen Krämpfen kämpfte, gegen die vor ihm stehende Kerze, welche sich in diesem Kerzenständer befand. Dabei wurde etwas Wachs verschüttet. Er sank zurück in den Stuhl und war tot. Am Morgen zum 20. April suchte Miss Bryne nach Sir Dawson, da er nicht wie gewohnt zum Frühstück gekommen war, wie ich hörte, konnte man die Zeit danach stellen. Sie öffnete die Tür zum Schreibzimmer und fand den Toten vor, beide

Fenster waren geöffnet, sie schritt zu ihrem Glück nicht weiter vor, sondern alarmierte sofort die Polizei. Einstweilen wurde die Luft des Zimmers mehrmals ausgetauscht, durch die beiden offenstehenden Fenster, sowie der offengelassenen Tür, welche in das Schreibzimmer führt. Doch wie wurde Sir Dawson ermordet? Er war alleine im Raum als er starb, das wurde bewiesen.

Kommen wir zu einem weiteren Mord, Elster Canning. Sie wurde bestialisch ermordet, abgestochen, wenn man es so bezeichnen will. Ihr wurde eine Art Küchenmesser in den Hals gerammt, dabei durchtrennte der Mörder unter anderem die Halsschlagader, ihr wurden drei Rippen bei einem oder mehreren heftigen Tritten gebrochen, außerdem wurde ihr weitere achtmal in den Rücken gestochen. Wir wissen, dass Elster Canning das Gift für den Mord an Sir Dawson beschaffte, ich denke, Elster Canning ist einigen der Anwesenden ein Begriff? Natürlich, wohnte sie doch im Nachbarhaus – Lake House. Sie war des Öfteren im Garten anwesend, am See, im Pavillon. Doch wer hat sie ermordet und warum? Ihre Verschwiegenheit diesbezüglich ist inakzeptabel!

Kommen wir nun zu einem mehrfachen Mordversuch, dieser liegt schon einige Zeit zurück, steht aber in direkter Verbindung mit einem der erwähnten Morde. Vor einigen Jahren litten beinahe alle Bewohner von Dawson Hall an einer üblen Vergiftung. Zum Glück verstarb niemand, die Dosis des Giftstoffes war zu gering, als dass ein Mensch daran gestorben wäre. Ein kleiner Hund oder besser noch, eine Katze hätte es nicht überlebt. Ein geschwächter Mensch ebenfalls nicht, aber dies traf nicht zu, so scheiterte der Versuch. Doch was sollte das? Wer hatte Interesse daran, die Bewohner sowie die Bediensteten von Dawson Hall derartig zu dezimieren?«

Da meldete sich Lady Dawson, wie gewohnt in schwarz gekleidet, zu Wort: »Inspector Braunington, für mich war dieser Monolog, nennen wir es von gewissem abenteuerlichen Interesse an der Arbeit von Scotland Yard, es liegt mir fern, dies zu verschweigen, allerdings möchte ich Sie darauf hinweisen, dass Sie die Bediensteten von der Arbeit abhalten. Ich sehe nun keinen weiteren Zusammenhang in ihrem Vortrag, was wollen Sie damit erreichen? Ich denke wir können nun getrost zum Ende kommen, nicht wahr?«

»Darauf komme ich gleich Lady Dawson, es war mir wichtig, Sie vorerst im Groben über die Vorkommnisse zu informieren, ich sehe es als meine Pflicht ihnen gegenüber.«, warf der Inspector ein und nickte Constable Ashford zu, der zu Miss Bryne schritt.

»Inspector, wer ist der Herr neben Ihnen?«, meldete sich Lady Dawson erneut bestimmend zu Wort.

Der Inspector, wohlwissend, dass es der angeforderte Psychiater Dr. Soyer war, meinte kurzerhand darauf: »Das ist mein Vorgesetzter, Chief Inspector Presh, der mich genau beobachtet, Sie verstehen?«

»Gewiss, guten Tag Chief Inspector«

Kopfnickend begrüßte der vermeintliche Chief Inspector Lady Dawson und beobachtete sie fortwährend.

»Meine Damen und Herren, Lady Dawson. Ich möchte Ihnen nun die Person nennen, die verantwortlich für all die Morde ist, verantwortlich für all den Schmerz und Pein. Constable Ashford, darf ich Sie nun bitten Miss Bryne zu Lady Dawson zu führen, ich denke, beide sollten gemeinsam erfahren, wer hierfür die volle Verantwortung trägt.«

Ashford führte Miss Bryne in die Nähe von Lady Dawson, beide sahen sich an, blickten zum Inspector und bevor Sie noch etwas sagen konnten, warf der Inspector ein: »Miss Bryne, wären sie so freundlich und würden das kleine Tuch, welches hinter ihnen am Kaminsims angebracht ist, entfernen? Ja dieses, es verdeckt einen Gegenstand.«

Miss Bryne tat dies, während Lady Dawson voller Neugier konzentriert auf den verdeckten Gegenstand blickte und entfernte die Verschleierung. Beide starrten auf das nun enthüllte Foto.

»Inspector Braunington! Was bilden Sie sich eigentlich ein? Wenn das ein schlechter Scherz sein soll, dann haben Sie wohl nun gänzlich den Verstand verloren, sich auf ein derartiges Niveau herabzulassen! Bei allem Respekt, was ist Ihnen da nur in den Sinn gekommen?«, protestierte Miss Bryne auf das aller schärfste und wandte ihren Blick zu Lady Dawson, in der Hoffnung der vollen Unterstützung.

Miss Bryne verstummte schlagartig als sie sich zu Lady Dawson drehte, diesen Ausdruck hatte sie noch gut in Erinnerung, sie stand mit entsetztem Gesichtsausdruck vor dem Foto, die geröteten Augen weit aufgerissen. Sie zitterte am ganzen Leib, ihre Hände waren zu Fäusten geballt – jeder Muskel angespannt, zu allem bereit. Im Raum machte sich eine hochangespannte Stimmung breit, schauerlich war der Moment, von unfassbarem Gräuel geprägt.

Da schob sich eine ruhige, angenehme Stimme in die kochende Situation: »Miss Bryne, kommen Sie nun langsam, rückwärtsgehend zu mir, hinter Ihnen ist nichts, worüber Sie stolpern oder sich stoßen könnten. Bewegen Sie sich langsam, Schritt für Schritt, in Richtung meiner Stimme, kommen Sie, hier bei mir ist es sicher, sagen Sie kein Wort. Zögern Sie nicht, gehen Sie langsam weiter, Ihnen wird nichts passieren. So ist es gut, ja Sie schaffen das, Sie machen das gut. Lassen Sie sich nicht von den aktuellen Geschehnissen beirren, schreiten Sie weiter in meine Richtung, Ihnen wird nichts passieren, bei mir ist es sicher.«

Inspector Braunington ließ niemanden aus den Augen, gab Constable Ashford mit einem Zeichen zu verstehen, die Hand griffbereit an der Pistole zu haben, welche er ihm zuvor überreicht hatte. Er stand in bester Position, um blitzschnell eingreifen zu können, sollte Lady Dawson bewaffnet sein. Langsam, unbemerkt und leise zog Ashford die Pistole aus dem Holster und verbarg diese hinter dem Rücken.

Es wurde still, Ms. Bryne befand sich in Sicherheit, zwischen dem Inspector und dem Psychiater, welchem als einzigem die Gefahr der Situation klar war.

»Lady Dawson.«, erklang wieder die ruhige Stimme von Dr. Soyer.

»Amelia, können Sie mich hören? Ich bin hier um Ihnen …«, wollte er fortsetzen, als sich Lady Dawson mit gefletschten Zähnen, hochrotem Kopf langsam umdrehte, immer noch extrem angespannt, mit geballten Fäusten. Die Adern quollen pochend an ihrem Hals hervor, bedrohlich und schaurig fixierte sie den Inspector: »Sie, Sie Ausgeburt der Hölle, Sie elendes Stück Dreck, ich werde Ihnen ihr verfaultes Herz herausreißen und es Ihnen in ihr verdammtes Schandmaul stopfen, bis Sie daran verrecken! Sie elender …«

Unerwartet schnell griff Lady Dawson zu einem neben dem Kamin aufgehängten Feuerhaken und raste damit auf Braunington zu, um ihn damit niederzustrecken. Ashford, der einige Meter vor ihr stand, reagierte blitzschnell, anstatt wie vereinbart auf sie zu schießen, schlug er ihr mit dem Griff der Pistole auf den Kopf, um ihren Blutrausch zu stoppen. Der Inspector wusste, auf Ashford war

Verlass. Der Psychiater allerdings hatte Mühe sich auf den Beinen zu halten nach diesem Akt des Irrsinns.

»Darauf haben Sie mich nicht vorbereitet Braunington! Ich bin es gewohnt ruhig an die Sache heranzugehen, in meiner Praxis, oder im Hörsaal, aber das hier?«

»Verzeihen Sie mir, aber ich wollte auf Nummer sichergehen, Sie sollten natürlich wirken, Lady Dawson hätte Sie vielleicht durchschaut. Haben Sie die besprochene Beruhigungsspritze dabei?«

»Natürlich, was glauben Sie denn? Es wird Zeit diese Furie in Schwarz ruhigzustellen, ihr Constable hat zum Glück das Schlimmste verhindert.«

»Da haben Sie recht, zum Glück stand er an genau der richtigen Stelle mit einer Pistole in der Hand, um die Situation richtig einzuschätzen und der Lady eine über den Scheitel zu ziehen.«

»Nun ja«, murmelte Dr. Soyer, während er Lady Dawson das Beruhigungsmittel injizierte und fuhr fort: »Ich denke, hier muss man kein Facharzt sein um eine schwere Psychose zu diagnostizieren, nicht wahr?«

Die Bediensteten standen fassungslos im Raum, niemand wagte es, auch nur ein Wort zu sagen. Selbst Mrs. Broder wechselte ihren eintönigen Gesichtsausdruck in Erstaunen und Entsetzen über die Geschehnisse. Das Schweigen wurde durch Chessley den Gärtner gebrochen, als er offen und unbedacht meinte: »Was war denn das eben? Was hat das Foto von Edward hier zu suchen? Sir Dawson hat angeordnet, alle Fotos und Bilder zu entfernen. Seine Anordnung darüber war eindeutig und scharf.«

»Das glaube ich Ihnen gerne Chessley!«, ergriff Inspector Braunington das Wort und folgerte: »Das wäre von Anfang an eine wichtige Information gewesen. Ich bin davon überzeugt, dass Sie Mrs. Broder, genau darüber Bescheid wussten. Das Gesicht von

Edward, Lady Dawson durfte es unter keinen Umstand mehr sehen, sie geriet in einen Zustand, welchen wir eben alle miterleben durften und welcher keiner weiteren Ausführung bedarf. Sir Dawson erkannte dies und gab die Anordnung, sämtliche Gemälde und Fotos sofort aus Dawson Hall zu entfernen.«

»Woher stammt dann dieses Foto Inspector?«, warf Mrs. Broder dem Inspector vor, bevor Chessley ein weiteres Mal zu Wort kam.

»Ich habe es hier im Haus gefunden, in einem Geheimfach des Schreibtisches von Sir Dawson. Er hielt den Schreibtisch zwar verschlossen, doch es wussten mindestens noch zwei weitere Personen, wo der Schlüssel versteckt war, Miss Bryne sowie Lady Dawson. Dahingehend ließ er ein Geheimfach in einer der Schubladen einbauen, darin befand sich unter anderem dieses Foto von Edward. Gut versteckt vor den Augen einer Person, die Edward über alles liebte und mit dem Verlust eine schwere Psychose erlitt, seine Mutter Lady Amelia Dawson.«

»Aber wieso hat Miss Bryne dann Elster ermordet? … und ich muss noch etwas sagen.«, stotterte Chessley, der einigen Abstand zu Mrs. Broder einhielt, dem Inspector zu.«

»Ich denke, es ist nun an der Zeit Lady Dawson, insofern möglich, wieder das Bewusstsein erlangen zu lassen, ich werde die Vorkommnisse dann ausführlich wiedergeben, mit der Hilfe von Mrs. Millstone, welche mit ihrem Scharfsinn Scotland Yard große Dienste erwies.«

»Ich muss aber etwas sagen!«, stotterte Chessley erneut. »Es ist nicht richtig. Edward und das Wasser, es ist nicht richtig.«

Inspector Braunington schritt zu Chessley, nahm ihn zur Seite und hörte sich an, was er zu sagen hatte, ohne dass ihn jemand ein weiteres Mal unterbrechen konnte. Dabei erklärte Chessley, dass er schon einige Male versucht hatte, es dem Inspector zu sagen, auch damals, als es passierte.

Der Psychologe wollte eben zur Tat schreiten, als die angespannte Menge in dem vor Stille zitternden Raum durch ein lautstarkes Öffnen der Tür in ihren Gebeinen erschrak.

»Ah, Dr. Cohl, zur richtigen Zeit!«

»Inspector, meine Damen und Herren, wo darf ich behilflich sein? Ein Constable ließ mich her zitieren, ich sehe schon, da ist jemand ohnmächtig geworden.«

»Nicht so ganz!«, entgegnete Ashford, »Ich habe mit einem Schlag auf den Kopf etwas nachgeholfen.«

Dr. Cohl untersuchte den angeschlagenen Kopf vorsichtig und meinte in seiner gewohnten Art: »So wird das nichts Ashford, sie wird es überleben, der Schlag war viel zu leicht. Ich denke eher, dass die Gute ohnmächtig wurde auf halbem Weg. Scheint mir etwas dehydriert zu sein und der halbherzige Schlag war nur das Tüpfelchen auf dem …«

»Dr. Cohl, wenn Sie Lady Dawson wieder unter uns Lebende bringen würden, ich wäre Ihnen sehr verbunden.«

»Natürlich Inspector, einen Moment, das haben wir gleich.«

Lady Dawson erwachte allmählich und griff sich umgehend auf den leicht angeschlagenen, brummenden Kopf.

»Was ist denn passiert?«, lispelte sie ruhig, schwer verständlich vor sich hin, sah umher, während Dr. Cohl ihren Puls fühlte. »Es ist doch etwas passiert? Was war das nur? Wo ist Miss Bryne?«

Mrs. Broder servierte Lady Dawson hastig ein Glas Wasser und warf ihr einen mitfühlenden Blick zu.

»Meine Damen, meine Herren, es ist mir eine Ehre, Ihnen nun die Wahrheit über die Vorfälle der vergangenen Tage, Monate sowie

Jahre zu präsentieren. Es ist ein Gewirr an Vorgängen, welche nun, in der richtigen Reihenfolge, ein klares Bild darstellen.«

»Sie sind ja noch immer da Inspector, haben Sie nichts anderes zu tun, als auf Dawson Hall rum zu stolzieren? Mein Kopf, was ist passiert?«

»Sichtlich ist Lady Dawson noch etwas verwirrt, daher werde ich meine Erläuterungen etwas kürzer halten, als angedacht. So denn, wir begeben uns nun gedanklich in die Vergangenheit. Der junge Edward Dawson wurde tot im See gefunden. Was passierte, was hätte passieren sollen? Ein Unfall hieß es, Edward sei ertrunken. Dem damaligen Ermittler waren die Hände gebunden, denn ein Skandal musste um jeden Preis verhindert werden, daher wurde der Vorfall nach einigen Ermittlungen als Unfall zu den Akten gelegt. Frei nach dem Motto: Ändern kann man es nicht mehr, so belassen wir es dabei. Aber war es denn wirklich ein Unfall? Selbstverständlich nicht! Es sind zwei Personen in diesem Raum, die es wissen! Sie haben sich niemals mit dem Gedanken eines Unfalles anfreunden können. Wir sprechen von Miss Bryne der Gouvernante, sowie Lady Dawson der Mutter von Edward. Es war eine Tragödie, ein schlimmer Schlag, ein Beben, welches nie wieder verstummen sollte. Lady Dawson, Sie haben Edward selbst aufgezogen nicht wahr?«

»In der Tat, ich habe mich nur noch um meinen Liebling gekümmert, er war mein ein und alles. Ich fühle mich so leicht, so unbekümmert.«

»Schon gut Lady Dawson, dazu kommen wir noch, ich müsste mich schwer in Ihnen täuschen, wenn Sie uns nicht die ganze Geschichte erzählen möchten?«

»Kennen Sie denn noch nicht die ganze Geschichte Inspector? Mich würde interessieren, ob Sie verstanden haben, worum es hier geht und was Sie mir vorhalten.«

»Lassen Sie es mich versuchen, es begann alles mit dem Eintreffen von Miss Bryne, als Gouvernante für Edward. Elster Canning, aus dem Lake House, hatte sich in Edward verliebt, sie sah sich mit ihm bereits in den Flitterwochen, wenn man das so sagen will. Vermutlich war dies auch so geplant aus dem Hause der Dawsons. Doch Edward verliebte sich in Miss Bryne, welche diese Liebe mit der Zeit erwiderte, es war ein gefährliches Spiel, aber vielleicht war gerade dies der Schlüssel dieser Leidenschaft. Aus anfänglicher Freundschaft wurde schnell mehr und es kam zu Intimitäten. Doch sie wurden beobachtet von einer Person, die einen Hang zum Bösen hatte, Elster Canning. Sie versuchte Edward wohl davon zu überzeugen, dass sie die Richtige sei und nicht Miss Bryne, er ließ sich jedoch nicht umstimmen. Es gab zwischen Elster und Edward zumindest noch ein weiteres Treffen. Dabei erpresste sie ihre unerreichbare Liebe damit, die Sache bei Lady Dawson auffliegen zu lassen. Es war klar, dass eine derartige Beziehung sofort beendet werden müsste, Miss Bryne hätte folglich ihre Stelle verloren und würde aus dem Haus gejagt werden. Edward war verzweifelt, er war sehr einfühlsam, wie ich hörte.«

»Ja das war er.«, meldete sich Miss Bryne leise zu Wort.

»Edward dachte einige Zeit darüber nach, hatte allerdings beschlossen Miss Bryne zu folgen, sollte Elster das Geheimnis verraten. So schmiedete Elster in ihrem kranken Gehirn einen Plan, nach dem Motto: Kann ich Edward nicht haben, so soll ihn niemand haben. Aus dem Labor ihres Vaters entnahm sie ein Betäubungsmittel, traf sich erneut mit Edward, vermutlich unter falschem Vorwand. Sie wählte einen günstigen Zeitpunkt am späteren Abend in der Nähe des Sees, um ihn, während eines gespielten Versöhnungsgespräches zu betäuben. Danach schleppte sie ihn weiter zum See und zog ihn ins Wasser, einige Meter vom Ufer weg. Als man die Leiche fand, war Elster erstaunt, dass das Boot am Steg befestigt war. Bevor sie es bemerkte, erwähnte sie gegenüber Scotland Yard, dass es fehlt. Doch dem war nicht so, niemand schenkte diesem Detail weitere Beachtung. Sie hatte das Boot losgebunden und treiben lassen, dass es danach aussah, Edward wäre mit dem Boot hinausgefahren und dabei gekentert. Sie haben das Boot aus dem See geholt und wieder festgebunden Chessley, zumindest haben Sie mir das vor wenigen Momenten erzählt. Das war es, was Chessley ständig sagen wollte. Ich muss mich an dieser Stelle für meine Unachtsamkeit ihnen gegenüber entschuldigen.«

»Das ist richtig Sir, doch leider …«

»Ja, doch leider haben Sie dabei Edward übersehen. Ich möchte Ihnen allerdings an dieser Stelle versichern, es wäre bereits zu spät gewesen. Nun standen Sie sich alle gegenüber und konnten sich den Tod von Edward nicht erklären. Warum ist das nur geschehen? Wer ist darin verwickelt. Sir Dawson ließ seinen Einfluss spielen und trieb die Ermittlungen voran, bis es am Ende nur noch hieß: Auf jeden Fall einen Skandal vermeiden! Ich denke, es gab noch viele Diskussionen zwischen Lady und Sir Dawson darüber, denn Lady Dawson war damit nicht einverstanden. Sie wollte es so nicht akzeptieren. Elster Canning war ein mühsames, seltsames Geschöpf, eine Art Mensch, die man nicht gerne um sich hat, daher schenkte man ihren verbalen Ausbrüchen kaum Beachtung.«

Lady Dawson fügte hinzu: »Er war nicht zu überreden. Es war nur wichtig, Haltung zu bewahren. Kein Skandal, kein Getratsche.

Was sollen die Leute sagen? Für ihn war es ein Unfall, er wollte nichts mehr davon hören. Es würde nichts an der Tatsache ändern, dass Edward tot war. Das Leben muss weitergehen. Wenn ich nur daran denke, diese Ablehnung, er hatte nur seine primitiven Geschichten im Kopf.«

»Lady Dawson, Sie hatten mich vorhin gefragt, ob ich es verstehen würde, ich kann Ihnen versichern, ich verstehe es. Es muss für Sie eine Qual gewesen sein, welche unsereins nur ansatzweise erahnen kann. Wie lange hat es gedauert, wie viel Zeit ist verstrichen, als Sie zerrissen, in vollem Schmerz Sir Dawson und einem seiner Gäste zuhören mussten?«

»Zuhören? Was meinen Sie damit Inspector?«, meldete sich Dr. Soyer zu Wort.

Lady Dawson krächzte zornig und undeutlich: »Zwei Tage später, nur zwei Tage später kam er ins Haus, er hatte diese furchtbaren Oxford-Hosen an, sie begaben sich in die Bibliothek und …«

»Mrs. Broder, bringen Sie Lady Dawson bitte noch ein Glas Wasser und ich denke, uns würde allen eine Tasse Tee gut bekommen, nicht wahr Mrs. Millstone?«

»Natürlich Inspector, eine kleine Pause, ein Teegenuss, warum nicht, ich bin in Kürze wieder da.«

Dr. Cohl kümmerte sich um Lady Dawson, verabreichte ihr ein leichtes Schmerzmittel gegen die Kopfschmerzen und prüfte ihren Blutdruck.

Mrs. Millstone kam mit einem großen silbernen Tablett aus der Küche zurück und wies eines der immer noch geschockten Dienstmädchen an, den Tee zu servieren. Inspector Braunington war in voller Hoffnung, dass der Teegeschmack an den herankam, welchen er bei der Bekanntschaft mit Mrs. Millstone erleben durfte. Er sollte nicht enttäuscht werden.

Der Inspector fuhr fort: »Da wir nun alle versorgt sind, er schmeckt vorzüglich Mrs. Millstone, kann ich Ihnen auch sagen, was Lady Dawson derartig in ein seelisches Loch stürzen ließ. So tief, dass extreme Aggressionen in ihr versuchten, die Überhand zu gewinnen. Es war das Lachen.«

»Da saßen die beiden und lachten. Mein Mann las aus seinen Geschichten vor, die schändliche Titel hatten wie: Lustspiele des Humors, Geschichten aus der Lachkultur.«

»Ja, Miss Bryne hat Sie eines Tages an der Treppe angetroffen, Sie standen regungslos mit geballten Fäusten und rührten sich nicht.«

»Daran kann ich mich nicht erinnern, mag sein, dass dies vorgefallen ist.«

Miss Bryne meldete sich leise aus dem Hintergrund: »Ich habe Sie öfters in dieser Verfassung gesehen Lady Dawson, ich schwieg, ich meinte, es wäre nicht weiter nötig darüber zu sprechen.«

»Dolores Bryne, welch ein Fehler es doch war Sie einzustellen. Jung, hübsch, achtet auf ihr Äußeres, hat Anstand und ist sehr intelligent, so wurden Sie uns empfohlen. Schade, dass es nun anders kam.«

»Anders kam? Was meint sie damit?«, stieß die nun etwas verwirrte Miss Bryne in Richtung des Inspectors aus.

»Der Plan von Lady Dawson ging nicht ganz auf, es gab gewisse Zufälle, die ihr einen Strich durch die Rechnung machten. Kommen wir aber zurück zu Sir Dawson und seinen humorvollen Gästen. Die Gäste selbst sind nicht weiter von Interesse, nur das was sie getan haben, das raubte Lady Dawson mehr und mehr den Verstand und dann, plötzlich kam ihr eine Idee, war es nicht so? Sie hatten sich gedacht, so eine Lebensmittelvergiftung passiert heute doch des Öfteren. Jedes Lachen fixierte Ihre Idee mehr und mehr, so, als würde jemand mit einer Nadel in ihren Kopf stechen, es quälte Sie bis in den letzten Nerv. Also sprachen Sie mit Elster, wie man die Sache denn angehen könne. Zu ihrem Erstaunen zeigte sich Elster ungewöhnlich kooperativ. Sie hatte wohl ihren Spaß daran. Da die Spuren von Arsen oder anderen Giften sofort in eine für sie unangenehme Richtung zeigen würden, wollten Sie mit Mutter Natur zum gewünschten Erfolg kommen und züchteten die Naturform der Salatgurke. Eine giftige Frucht, versehen mit Bitter-stoffen, welche beim Verzehr zum Tod führen kann. Es kommt natürlich auf die Menge an. Elster Canning bereitete es mit Sicherheit Freude, Katzen als Versuchsobjekte heranzuziehen, um die Wirkung des Giftstoffes zu testen, sowie die Frage zu beantworten: ›Was ist nötig, um den bitteren Geschmack zu übertönen, sodass niemand hellhörig wird?‹. Chessley fand, um dies zu untermauern, einige tote Katzen im Garten, welche keines natürlichen Todes starben. Noch dazu wurden diese an einer Stelle gesammelt abgelegt.«

»Wie Sie schon erwähnten Inspector, Elster war nicht ganz klar im Kopf, aber mich in diese Sache reinzuziehen? Sie bewegen sich auf sehr dünnem Eis möchte ich meinen.«, protestierte Lady Dawson.

»Ich fahre fort: Da hatten die Beteiligten noch einmal Glück. Ja meine Damen und Herren Bediensteten, auch Sie waren im Visier von Lady Dawson, denn auch Sie lauschten den Geschichten von Sir Dawson und schmunzelten darüber. Haben Sie sich nie gewundert, warum Sie alle nicht nur hier auf Dawson Hall wohnen durften, sondern auch gemeinsam Speisen zu sich nahmen? Am selben Tisch wie die Herrschaft? Es wurde zur Gewohnheit, natürlich, denn nur so schöpfte niemand Verdacht. Die überdurchschnittliche

Bezahlung war ebenso ein Teil des Planes, durch und durch kalkuliert von Lady Dawson, denn Sir Dawson machte sich keine weiteren Gedanken darüber. Doch dann passierte etwas Unvorhergesehenes. Die Psychose von Lady Dawson weitete sich aus, als sie vor einem Gemälde von Edward stand und sich wie eben zuvor verhielt. Sie verlor die Herrschaft über sich, dabei verpasste sie Sir Dawson, der sich in ihrer Nähe aufgehalten hatte, einen massiven Hieb mit einem Gegenstand, ähnlich diesem Feuerhaken. Dadurch entstand die Narbe in seinem Gesicht. Damals hieß es, die Narbe entstand bei einem Jagdunfall, doch ich bin davon überzeugt, jedem in diesem Raum ist klar, dass Sir Dawson niemals zur Jagd ging. Korrigieren Sie mich Lady Dawson, wenn ich falsch liegen sollte. So ließ Sir Dawson durch Chessley sämtliche Bilder und Fotos entfernen, er verstaute diese in einem der Nebenhäuser, er brachte es nicht übers Herz, diese zu vernichten. Elster Canning fand die versteckten Fotos und Gemälde und brachte diese unbeobachtet an einen anderen Ort, in das Haus von Miss Bryne.«

»Was ich noch nicht verstehe Inspector, es gab keine Gelderpressung, dies scheint mir doch sehr ungewöhnlich.«, stutzte Mrs. Millstone.

»Elster wollte anfangs nur im Haus von Miss Bryne wohnen. Welche Pläne sie für die Zukunft noch geschmiedet hatte, das werden wir nicht mehr erfahren. Ich vermute Elster amüsierte der Gedanke, Miss Bryne hinter sich her wischen zu sehen. Zumindest kann man einige Passagen darüber in dem Tagebuch von Elster Canning nachlesen. Die Jahre verstrichen, das Gelächter wurde lauter. Lady Dawson hatte zwar keine Gewaltausbrüche mehr, dennoch konnte sie es nicht auf sich beruhen lassen. Sir Dawson sah keinen Sinn mehr in der Weiterführung der Beziehung. Es gab bereits Testamentsänderungen, die lautstark diskutiert wurden. Ich halte hier einen Testamentsentwurf in der Hand, der Lady Dawson komplett aus der Erbschaft streicht. Wenn da keine Auflösung der Beziehung dahintersteckt, so möge ich mich doch stark irren. Oder war es am Ende doch anders? Lady Dawson, wer war der letzte Besucher von Sir Dawson?«

»Ich kann es Ihnen nicht sagen, er hat es mir verschwiegen, er wollte nicht darüber sprechen, er meinte nur ein guter Freund.«

»Wir haben es Mrs. Millstone zu verdanken, denn sie gab mir wichtige Informationen in diese Richtung, auch Miss Bryne trug ihren Anteil bei, es handelte sich um einen Doktor der Psychologie. Sir Dawson hatte vor, Lady Dawson in eine Nervenheilanstalt einzuliefern. Vielleicht haben Sie es noch nicht erkannt, jedoch handelt es sich bei diesem Herrn, der neben Lady Dawson steht, nicht um meinen Vorgesetzten, sondern um den Psychiater Dr. Soyer. Er konnte seine Beziehungen in diese Richtung einsetzen und kam schnell zum Erfolg. Wenn wir nun die Fakten zusammensetzen, wer wäre in Ihren Augen wohl der Hauptverdächtige Sir Dawson ermordet zu haben?«

»Ich kann es wohl schwer gewesen sein Inspector, schließlich war ich nicht auf Dawson Hall zum Zeitpunkt des Todes.«, warf Lady Dawson selbstsicher ein. Mrs. Broder unterstützte sofort diese Aussage mit einem aufgezwungenen kopfnickenden Lächeln, verteidigend ihrer geschätzten Herrin gegenüber.

Lady Dawson fügte herrschend hinzu: »Ich denke, wir alle wissen, dass Miss Bryne die Tat verübt hat Inspector.«

»Welche Tat? Die Ermordung von Sir Dawson? Die Ermordung von Elster Canning? Ich kann Ihnen aus voller Überzeugung sagen, dass Miss Bryne keine der Taten verübt hat, denn eines hat der Mörder am Ende vergessen – wie lautete das Motiv, um Sir Dawson zu ermorden?«

Lady Dawson saß entspannt im Sofa, selbstsicher, nutzte ihre Position als hoch angesehene Adelige, sie fühlte sich unantastbar. Sie wollte das Spiel der Macht, welches sie in vollen Zügen sonst so genoss, in diesem Moment nicht anwenden und lauschte weiter den Worten des Inspectors. Ihre Augen fixierten Mrs. Broder, als würden die Augenpaare miteinander Dialoge führen, Gedanken austauschen. Auf der einen Seite eine unantastbare Persönlichkeit, auf der anderen eine Verehrerin höchsten Maßes. Mrs. Broder ahnte langsam, dass die Position die sie vertrat, voll hinter ihrer verehrten Lady zu stehen, sie zu verteidigen, die Ehre zu wahren, zu bröckeln begann. Verunsichert, mit den Händen am Kleid zupfend, schritt sie langsam rückwärts, zurück in die Gruppe der Dienstmädchen, in die Nähe des Gärtners Chessley. Inspector Braunington genoss die letzten Tropfen des hervorragenden Tees, drehte eine Runde im Raum, klopfend mit dem Gehstock, setzte die Tasse auf den Tisch und warf allen Beteiligten einen strengen Blick zu. Ihm war klar, alle steckten unter einer Decke der Zurückhaltung, der Geheimniskrämerei im Reich des Adels.

»Es wird nun Zeit, die Hüllen fallen zu lassen, lange genug hatte ich die Samthandschuhe übergezogen, um der Netiquette Genüge zu tun. Miss Bryne ging zu ihrem Haus nach Oxford, um nach dem Rechten zu sehen. Sie hatte das Haus Elster Canning unfreiwillig zur Verfügung gestellt, da sie von ihr, wie bereits erwähnt, erpresst wurde. Grundlage der Erpressung war das einstige Verhältnis mit Edward Dawson. Miss Bryne hatte den Jungen Edward von ganzem Herzen geliebt. Sie sah es als würdige Aufgabe, dass es zu keinem Eklat kommt. Miss Bryne betrat das Haus, ging hinunter in den Koch- und Essbereich und fand Miss Canning am Boden liegend vor, erstochen, in einer enormen Blutlache. Daraufhin verließ sie unter Schock stehend das Haus und ging die Stanleyroad entlang, versuchte ihre Gedanken zu schlichten und kam leider auf die Idee, die Sache auf sich beruhen zu lassen.«

»Das hat sie Ihnen erzählt und das glauben Sie auch noch Inspector? Ich habe den Eindruck, Sie sollten den Beruf wechseln und Kindermärchen schreiben, dafür wird ihre Auffassungsgabe nach einiger Unterstützung wohl eher ausreichen. Lächerlich was Sie da von sich geben, kein Wunder, dass Ihr Vorgesetzter nicht anwesend ist.«

»Lady Dawson, es gibt einen Zeugen, der Miss Bryne an besagtem Tag gesehen hat. Wäre Elster Canning mit nur einem Stich in den Hals ermordet worden, so wäre tatsächlich, ja, dann wäre Miss Bryne mit hoher Wahrscheinlichkeit nun wegen Mordes im Gefängnis, wartend auf den Galgen.«

Miss Bryne, welche unweit von Lady Dawson stand, griff sich ängstlich an den Hals und schwächelte, sofort eilte Mrs. Millstone zu ihr und meinte aufgebracht: »Inspector, wie wäre es, wenn Sie uns noch von dem melodischen Knacken des Genicks berichten, während der Henker sein Werk verrichtet?«

Dr. Cohl grinste dem Inspector über das ganze Gesicht zu, wollte gerade etwas zu dem Thema beitragen, als sich die Tür öffnete, Chief Inspector Presh eintrat und sich ohne einen Ton vor Inspector Braunington stellte.

»Auf ein Wort Braunington!«

Die beiden verließen das Zimmer, Mrs. Millstone kümmerte sich einstweilen um Miss Bryne, dieser war die Fantasie durchgegangen und sah sich bereits am Galgen baumeln, die Sorge war jedoch unbegründet, wie ihr Mrs. Millstone immer wieder beruhigend zuflüsterte, ihre Hand haltend.

»Was haben Sie eigentlich mit der Sache zu tun Mrs. Millstone? Sie sind Köchin und haben sich nicht in unsere Angelegenheiten einzumischen. Sie vergessen wohl Ihre Herkunft und in welchem Haus Sie sich befinden!«, schleuderte Lady Dawson der hilfsbereiten Mrs. Millstone zu, sichtlich ließ das Beruhigungsmittel nach.

»Sehen Sie Lady Dawson, ich habe bereits für das königliche Haus gekocht, ich richtete das Frühstück für Ihre Majestät und deren Gefolgschaft bis hin zu einem kleinen Straßenjungen, der plötzlich weinend vor mir stand, ein kleines Stück Holz hatte sich in sein Knie gebohrt, natürlich half ich ihm, ich verarztete ihn, gab ihm zu essen und Hoffnung auf ein besseres Leben. Mich erfüllt es voller Stolz zu helfen wo ich nur kann, solange jeder Mensch gleichbehandelt wird, das Gesetz achtend und voller Respekt gegenüber dem Anderen. Wo sehen Sie sich am Ende des Tages? Was sind Ihre persönlichen Erfolge, wenn Sie sich abends im Spiegel betrachten? Glauben Sie, dass Ihre adelige Herkunft alles entschuldigt?«

»Was erlauben Sie sich, so mit mir zu sprechen? Sie haben die längste Zeit auf Dawson Hall verbracht, Sie ...«

»Lady Dawson, Sie haben wohl vergessen, dass ich längst gekündigt und diesem Anwesen den Rücken gekehrt habe? Ich bin hier, weil es Scotland Yard angeordnet hat, nicht um in Ihrer Nähe zu sein, nicht wahr? Ich hätte bei Gott Besseres zu tun.«

Schnaufend verstummte Lady Dawson, sie wandte ihren Blick ab von Mrs. Millstone, begann ihre Anwesenheit zu ignorieren. Niemand wagte es, auch nur einen einzigen Ton von sich zu geben, bis auf Chessley, der kurz amüsiert grunzte. Da betrat Inspector Braunington wieder das Zimmer und dämpfte damit die angespannte Stimmung ungewollt.

»Verzeihen Sie die Unterbrechung, wo waren wir stehen geblieben?«

Dr. Cohl, welcher sich um die Verfassung von Lady Dawson sorgte, konnte es sich nicht verkneifen und meinte sprungartig: »Beim Knacken und Zappeln der Beine Inspector!«

»Natürlich Doktor, natürlich. Nun gut, ich werde Ihnen allen nun erzählen, was geschehen ist. Lady Dawson, Sie hatten beschlossen Sir Dawson aufgrund seines Verhaltens, der Respektlosigkeit gegenüber dem verstorbenen Sohn Edward zu ermorden. Hinzu kommt noch, dass Sie von dem Besucher, dem Vorhaben Sie in ein Nervensanatorium einzuweisen und der Testamentsänderung, erfahren haben. Sie wussten, Elster Canning arbeitete in einem Laboratorium, sie hatte ausgezeichnete Kenntnisse über Gifte und die Möglichkeit, Ihnen Gift zu besorgen. Sie einigten sich, verabredeten sich im Haus von Miss Bryne in Oxford. Allerdings hatte Elster Canning etwas übersehen. Sie hatte im Raum, in dem Sie sich trafen, ein Foto einer Person stehen, die Edward extrem ähnelte. Elster war regelrecht besessen von Edward. Diese krankhafte Zuneigung, auch nach dem Tode anhaltend, brachte ihr den Tod. Als Sie das Foto sahen Lady Dawson, da hatten Sie in Sekundenschnelle richtig kombiniert, Sie standen der Mörderin Ihres geliebten Sohnes gegenüber. In Rage ergriffen Sie ein Messer und stachen mit voller Kraft zu, Sie stachen mit voller Wucht in den Hals, trafen die Halsschlagader, dabei sank das Opfer auf die Knie, sie hielt sich vergeblich röchelnd die stark blutende Wunde zu. Wutentbrannt traten Sie Elster mit dem Fuß in die Seite, brachen ihr dabei einige Rippen, sie ging zu Boden und lag vor Ihnen, dabei stachen Sie voller Hass und Rage noch mehrmals in den Rücken von Miss Canning ein, bis sie ihr Leben ausgehaucht hatte. Sie sind eine intelligente Frau, denn Sie versuchten den Todeszeitpunkt zu verschleiern, indem Sie mithilfe des Backofens die Temperatur ansteigen ließen, entfernten noch einen Ring vom Finger des Opfers, vermutlich als Notnagel, um den Verdacht auf den Liebhaber zu lenken, falls Miss Bryne von der Tat losgesprochen wird, nicht wahr?«

»Warum sollte es denn nicht der Liebhaber von Miss Canning gewesen sein?«, warf Mrs. Broder ein.

»Ich kann Ihnen versichern, er wäre unter keinen Umständen im Stande, eine derartige Tat zu verüben. Ich bin der absoluten Überzeugung, dass selbst die kleinste blutende Wunde, dem Möchtegern Casanova das Bewusstsein raubt und ihn hart auf den Boden aufschlagen lässt. Wie auch immer, mit der Tatwaffe und dem Gift verließen Sie den Ort des Verbrechens.

»Das können Sie natürlich alles beweisen Inspector?«, mahnte Lady Dawson energisch. Inspector Braunington ließ sich davon nicht in die Irre führen.

»Sie machten sich sogleich ans Werk, um Sir Dawson zu beseitigen. Ich muss Ihnen meinen Respekt aussprechen, denn ich tappte lange im Dunklen, Sie haben das sehr geschickt durchdacht. Das Gift erhielten Sie in Form einer großen, dickwandigen Pille, gefüllt mit tödlicher, hoch konzentrierter Blausäure. Ihr Geschick im Kerzenziehen sollte Ihnen bei dem Vorhaben helfen. Sie gossen die Todespille in einer Kerze ab, ein gefährliches Unterfangen, aber für Sie stand alles auf dem Spiel. Dawson Hall ist voller Kerzen, da fällt eine weitere nicht auf. Sir Dawson liebte es, im Kerzenschein zu arbeiten, zu schreiben, die verruchten Texte zu verfassen. Sie folgten einer Einladung nach London zu einer Kunstausstellung, natürlich sorgten Sie dafür, dass die Absage, welche zugestellt wurde und Ihnen nun nicht in den Kram passte, verschwand. Sir Dawson machte es sich im Schreibzimmer gemütlich bei Kerzenschein und ging ans Werk, die Kerze offenbarte nach einer Weile ihr tödliches Geheimnis. Er hatte keine Chance, die

Menge an Gift hätte uns alle hier im Raum in wenigen Sekunden getötet.«

»Aber wie konnte Miss Bryne, als sie das Schreibzimmer betrat, am Leben bleiben, wenn doch der Raum mit Gift erfüllt war?«, stutzte Mrs. Broder.

»Das Fenster! Es stand offen nicht wahr? Als Sir Dawson starb, war es verschlossen, sonst hätte er womöglich überlebt. Zugegeben, eine geringe Chance. Dennoch stand das Fenster offen, als Miss Bryne den Raum betrat und so bekam sie nichts von der tödlichen Luft ab. Lady Dawson hatte auch dafür gesorgt. Es ist eine unbewusste Tat, welche jeder Bewohner von Dawson Hall, der das Fenster schloss, bereits verübt hat. Das Schloss des Fensters rastet nicht richtig ein, sollte man es verabsäumen, an einer gewissen Stelle nachzuhelfen. Ich hatte das Fenster, bevor ich das Zimmer versiegeln ließ, geschlossen. Heute, als ich das Schreibzimmer wieder betrat, öffnete es sich ruckartig. Sobald das Fenster einmal offen ist, zieht ein Luftzug von der Zimmertür durch das Fenster, hinaus ins Freie. Dieser Umstand besteht besonders dann, wenn eines der Fenster der Räumlichkeiten in der Nähe des Schreibzimmers oder gar der Haupteingang geöffnet ist. Damit merkte Miss Bryne nichts von dem noch im Raum befindlichen Gift. Doch Miss Bryne wollte kein Schrei über die Lippen kommen, kein hektisches Gehabe, welches bei einem derartigen Vorfall normal wäre. Nein, sie dreht sich um, spaziert zum Haupttor und wartet auf einen Polizisten, der täglich seine Runde zieht und daran vorbei radelt.«

»Damit hat Miss Bryne wohl bereits ängstlich gerechnet, der Fund von Miss Canning und nun das, ein Schock ließ sie erstarren.«, fügte Mrs. Millstone hinzu.

»Dieser Eindruck wurde auch durch Dr. Soyer bestätigt, Mrs. Millstone. Edward, Elster und nun Sir Dawson. Das Finale sollte indes anders über die Bühne gehen, nicht wahr Lady Dawson? Sie hätten mit Freude in der Zeitung darüber gelesen: Dolores Bryne gerichtet durch den Strick.«

Miss Bryne wurde wieder unwohl, sodass Mrs. Millstone Dr. Cohl zuwinkte, damit er ihr etwas Aufbauendes verabreichte – ein Glas Scotch, zur Verwunderung von Mrs. Millstone.

Lady Dawson war nun wieder voll bei Kräften, ihr Kopf schmerzte zwar, allerdings war dies kein Grund, auf den Gegenschlag zu verzichten.

»Mein lieber Inspector, wir haben nun lange genug Ihren Worten gelauscht, ich habe Sie in ihrer Wortparade eifrig unterstützt, Ihre Thesen mit einigen Möglichkeiten untermauert. Glauben Sie allen Ernstes, ich habe mit Elster Canning in einer dunklen Kammer mit Gemüse experimentiert? Sie unterstellen mir, ich hätte mich auf die Reise nach London zu der Ausstellung begeben, wissend, dass diese nicht stattfindet? Dann habe ich auch noch Elster Canning ermordet und Sir Dawson als kleine Draufgabe? Es mag sein, dass ich vorhin in Rage geriet, aber wie in aller Welt sehen Ihre Beweise aus? Ich gebe Ihnen nun exakt eine Minute, die Beweise auf den Tisch zu legen, oder aber Sie verlassen umgehend mein Anwesen. Dass dies ein Nachspiel sondergleichen hat, werden Sie wohl selbst gut genug wissen. Also? Wo sind Ihre Beweise?«

Mrs. Millstone blickte entsetzt zu Inspector Braunington, sie wusste, dass es keine eindeutigen Beweise gab. Die extreme Reaktion auf das Foto von Edward würde der Anwalt von Lady Dawson Inspector Braunington zu Schulde kommen lassen, auch der Schlag von Ashford warf kein gutes Licht auf Scotland Yard. Plötzlich schien die Situation zu kippen. Mrs. Broder legte einen Gesichtsausdruck der Hoffnung ans Tageslicht und rieb sich bereits die Hände. Es wurde nach einem dröhnenden Gemurmel wieder ruhig. Inspector Braunington blickte unberührt, die Hände am Rücken verschränkt, aus dem Fenster und summte leise vor sich hin. Er wippte einige Male mit den Füßen, drehte sich elegant zu der wartenden Menge und meinte kühn: »Ist das denn unbedingt nötig Lady Dawson?«

»Was erwarten Sie von mir Inspector?«

»Dass Sie die Tat zugeben, erhobenen Hauptes gestehen, wie es sich für eine Lady gehört und den Feldzug beenden, es einfach beenden. Es würde für Sie besser ausgehen, glauben Sie mir. Sie können es jetzt beenden, sollten Sie es nicht in Erwägung ziehen, wartet der Strick auf Sie, das kann ich Ihnen garantieren. Beenden Sie Ihren Plan jetzt und hier und es wird für Sie Rettung geben.«

»Bei allem Respekt vor ihrer Lebenseinstellung, ihrem Dasein als Polizist, Diener für Gesetz und Ordnung, habe ich vielleicht doch etwas mehr Verstand von Ihnen erwartet. Sie möchten allen Ernstes, dass ich Ihre Unfähigkeit nun mit einem Geständnis belohne? Sie glauben zu wissen, was passiert ist? Ich habe nun genug von Ihrer rückgratlosen Plapperei, verlassen sie augenblicklich samt Ihrem impertinenten Schuhwerk Dawson Hall, Sie werden von mir hören, darauf können Sie Gift nehmen!«

Inspector Braunington warf Lady Dawson einen unglücklichen Blick zu, bevor er sich von ihr abwandte. Ihm war klar, dass die Wahrscheinlichkeit sehr hoch war, eine weitere Leiche zu finden. Er hatte gehofft, dass Lady Dawson zur Vernunft kam, sich die Last von den Schultern nehmen ließ, zumindest von den Morden. Ihrem Zustand zufolge wäre sie mit hoher Wahrscheinlichkeit in eine Nervenheilanstalt eingeliefert worden. Selbstredend unter Verschluss, aber immerhin besser, als dem Henker vorgeführt zu werden – oder am Ende war dies für Lady Dawson der einzige

Weg? Des letzten Atemzuges beraubt, für einen kurzen Moment mit dem Tod ringend, der Faden des Lebens langsam schwindend? Der Inspector empfand am Ende etwas Mitleid mit Lady Dawson und wollte sie mit einem Geständnis retten, doch dieser Versuch scheiterte restlos. Eine Verhaftung wäre zur aktuellen Stunde keine Option gewesen, da er Lady Dawson wegen der Morde festnehmen wollte und nicht, weil sie hysterisch mit einem Feuerhaken auf ihn losgegangen war. Natürlich war sie psychisch krank, sehr krank sogar und müsste augenblicklich in ein Sanatorium eingeliefert werden, doch ohne ihrer oder der Zustimmung eines Nahestehenden, war dies nicht möglich. Er sorgte sich darüber hinaus um Miss Bryne, er konnte sie nicht noch länger in Schutzhaft belassen. Der Verdacht lag nahe, dass sie das nächste Opfer sein könnte. Erschossen, erstochen, erdrosselt oder gar im Moor, auf immer versteckt vor den Augen der Hüter des Gesetzes.

Kapitel 13 - Vorhang

Vier Tage des Wartens verstrichen nervenraubend, wie mit feinen Glassplittern gespickter Sand, der schmerzhaft durch die Finger des Inspectors glitt. Die Ermittlungen waren an einem Punkt angelangt, an dem der Täter am Zug war. Zähneknirschend musste dies Braunington akzeptieren. Das Übel, der bittere Beigeschmack daran war allerdings, dass es ein nächstes Opfer geben könnte. Was, wenn nichts passierte? Auch aus Regierungskreisen gab es keine Attacke gegen den Inspector, das verwirrte umso mehr. Lady Dawson nutzte ihren Einfluss nicht aus, um dem Inspector das Leben zur Hölle zu machen. Was hielt sie davon ab? Welche Pläne hatte sie geschmiedet? Warum zum Teufel ging sie nicht auf das Geständnis ein? War sie in ihrem Glauben der Unantastbarkeit derartig bestärkt, dass sie den Strick als trivial abgewertet hatte? Was hatte sie nur vor?

»Da muss es noch etwas geben!«, explodierten die Worte des Inspectors, immer und immer wieder war dieselbe Phrase aus seinem Büro zu vernehmen. Er ging die Protokolle erneut durch und traf dabei den Entschluss, einen ausgedehnten Spaziergang anzutreten um seine Betrachtungsweise erneut zu sortieren. Wo wäre ein geeigneterer Ort als in einem Park. Die Natur erwachte langsam aus ihrem Winterschlaf, hatte es recht schwer, da sich die Sonne nur selten blicken ließ, dennoch war die grüne Wiedergeburt nicht mehr zu übersehen. Um die drei Stunden schlenderte der Inspector über die geschlungenen Wege des reich bepflanzten Parks, schenkte hin und wieder auftretenden Nieselregenschauern keine Aufmerksamkeit, konzentrierte sich weiter auf die Details des Falles Dawson Hall.

»Inspector?«

»Mrs. Millstone, nett Sie hier anzutreffen.«

»Ja, ein lobenswert gestalteter Park, nicht wahr? Auch an Tagen wie diesen.«

»Wie meinen Sie das?«

»Nun ja, es regnet etwas?«

»Oh, natürlich, ich war in Gedanken und …. sind Sie zufällig hier oder haben Sie mich gesucht? Woher wussten Sie, dass ich hier bin?«

»Meine Neugierde führte mich in Ihre Nähe, ein netter Constable hat mir verraten, wo Sie sich aufhalten. Wie geht es mit dem Fall voran Inspector? Gibt es Neuigkeiten?«

»Leider nein, es ist zermürbend. Es liegt auf der Hand, dass etwas übersehen wurde, ein kleines Detail, ein wichtiges Puzzleteil, um das Gesamtbild zu verstehen, oder besser gesagt, um den Täter in die Enge zu treiben, zu überführen.«

»Es gibt tatsächlich noch keinen Beweis für die Schuld von Lady Dawson?«

»Leider nicht, viel zu wackelig, nur Indizien. Könnte, für Außenstehende, wie gesagt auch Mrs. Broder oder sonst wer gewesen sein.«

»Der unbekannte Täter im dunklen Mantel etwa? Was ist nun mit Miss Bryne?«

»Sie steht noch immer unter Polizeischutz, ich möchte nicht vor ihrer Leiche stehen. Sie schwebt nach wie vor in großer Gefahr, das nächste Opfer zu sein. Doch lange wird dies nicht mehr möglich sein. Zwei bis drei Tage, dann muss ich die Constables abziehen.«

»Das war ein weiser Zug von Ihnen Inspector, Miss Bryne zu schützen. Es hat sie ziemlich mitgenommen, wie ich hörte. Ich werde ihr demnächst einen Besuch abstatten, ein kleiner Tratsch tut ihr sicher gut. Was mich noch beschäftigt: Wir haben doch alle die Reaktion von Lady Dawson gesehen, als Miss Bryne das Foto enthüllte. Der Psychologe hatte daraufhin keine Möglichkeit, Lady Dawson in eine Nervenklinik einzuweisen?«

»Nein, das hätte ihn seinen Job gekostet. Ein kleiner Wink von Lady Dawson an der richtigen Stelle und er wäre selbst in einer Irrenanstalt gesessen, etwas überzuckert gesagt. Ohne ihre oder die Zustimmung eines Verwandten nach einem Gutachten und sehr viel Papierkram wäre es unter Umständen möglich gewesen. Wenn man als Mann oder Frau der Straße nachts laut singend durch die Gosse läuft, landet man im Handumdrehen in einer Gummizelle, aber nicht die Sirs und Ladies dieser Welt. So manch Wohlhabender hat Freunde, mit denen man sich nur dann anlegen darf, wenn man zu hundert Prozent sicher ist das Richtige zu tun.«

Während die beiden vor sich hin plauderten, weiter den Weg entlang spazierten, blieb Braunington langsam stehen und blickte in eine kleine Pfütze, welche sich am Wegesrand bildete. Ein kleiner Käfer versuchte, sich mittels eines in die Pfütze ragenden Grashalmes in Sicherheit zu bringen, um dem Tod durch Ertrinken zu entgehen. Ein weiterer Käfer verharrte regungslos am Rand der Pfütze. Der Inspector ergriff die Initiative und rettete den kleinen Kerl mittels eines Ahornblattes und setzte ihn neben seinen Artgenossen. Mrs. Millstone beobachtete den Vorgang und meinte darauf: »Noch mal gut gegangen, jeden Tag eine Heldentat – dürfte ein Mistkäfer sein.«

Braunington hingegen starrte nach wie vor in die Pfütze, hob langsam, nachdenklich seinen Kopf und ließ den Regen in sein Gesicht prasseln.

»Natürlich! Wie konnte ich das nur übersehen? Wieso haben wir das nicht angesprochen? Wieso hat es niemand erwähnt?«

»Inspector?«, stammelte Mrs. Millstone neugierig.

Da quoll es auch schon aus dem Inspector heraus: »Er war wasserscheu, fanatisch wasserscheu. Nicht etwa, dass er Wasserspritzer nicht mochte oder sich nicht traute, mehr als nur die Füße in das Wasser zu halten, nein, er hielt stets respektvollen Abstand zum See. Er hatte regelrechte Angst vor Wasser, Angst vor dem See, ich möchte behaupten panische Angst.«

»Ja gut Inspector, dass Edward wasserscheu war, das wissen wir doch, worauf wollen Sie hinaus?«

»Warum war er so panisch wasserscheu, dass er sich nicht in die Nähe des Sees traute? Was war passiert? Es muss etwas passiert sein! Kein Kind dieser Welt ist aus heiterem Himmel wasserscheu, ganz im Gegenteil. Kinder planschen und spielen voller Begeisterung im Wasser. Was passierte? Es muss in Kindestagen gewesen sein. Wer war dabei anwesend und wer nicht?«

Mrs. Millstone überlegte, meinte dann aber nur: »Das war leider vor meiner Zeit auf Dawson Hall. Obwohl, da war doch die Rede von einem … «

»Exakt! Sie hatten es bereits letzte Woche erwähnt. Lady Dawson kümmerte sich selbst um ihren Sprössling, aber es gab zu Beginn ein Kindermädchen. Ich war mit meiner Theorie so beschäftigt, dass ich diesen Punkt nicht weiterverfolgte. Das Kindermädchen, es muss der Schlüssel sein.«

»Sie haben recht, das ist lange her, beinahe in Vergessenheit geraten, ich habe irgendwann davon gehört, aber von wem?«

»Wer war das Kindermädchen, was ist passiert? Die Antwort auf diese beiden Fragen klären den Fall, davon bin ich überzeugt.«

In Windeseile stürzten Braunington und Millstone zurück in den Yard. Beiden war klar, die Antwort musste auf Dawson Hall zu finden sein, doch dort war Inspector Braunington nicht mehr erwünscht. Es wäre zu riskant, sich erneut einen Patzer zu leisten, die falschen Fragen zu stellen, sich mit der einflussreichen Hausherrin anzulegen. Eine andere Strategie musste dienlich sein, somit einigten sie sich, stattdessen zuvor die Bewohner von Lake House zu befragen – Mrs. Millstone hatte Vorort ihre Verbündeten, welche seit Jahrzehnten im Hause tätig waren, mit Sicherheit schlummerten an diesem Ort nützliche Informationen.

»Inspector, darf ich bekannt machen, meine liebe Freundin, die Köchin Mrs. Westerly.«

»Sehr erfreut Mrs. Westerly, Ihr Ruf der Köstlichkeiten eilt ihnen voraus.«

»Oh, Sie Charmeur!«, kicherte Mrs. Westerly beschämt und rupfte sich nervös ihr hochgestecktes Haar zurecht.

»Ich würde gerne sofort auf den Punkt unseres Besuches kommen, bitte erzählen Sie mir, was Sie über die Zeit, als Edward Dawson noch ein Kind war, wissen.«

»Er war ein so ein netter Sonnenschein, er …«

»Das ist mir bereits geläufig, er wäre als Schöngeist vermutlich in die Geschichte eingegangen, beschränken wir uns auf den Fakt, dass er extrem wasserscheu war. Ist Ihnen darüber etwas bekannt?«, unterbrach Braunington sichtlich gestresst.

»Aber ja, jetzt wo Sie es sagen. Geben sie mir einen Moment, ich muss nachdenken, wie war das. Ihnen ist ja sicher bekannt, dass Mrs. Canning hin und wieder auf den kleinen Buben aufpasste, natürlich die Mutter von Elster, Jessica Canning, sie …«

»Nein, das ist uns nicht bekannt!«, erwiderte Braunington und sah dabei Mrs. Millstone verblüfft an, welche mit den Schultern zuckte.

»Ja, ja!«, fuhr Mrs. Westerly fort. »Mrs. Canning und Lady Dawson kannten und verstanden sich sehr gut. Sie vertraute ihr den kleinen Sprössling des Öfteren an, wenn sie auswärtig gesellschaftlich zu tun hatte. Doch eines Tages passierte das Unglück.«

Mrs. Millstone und Inspector Braunington spitzten die Ohren voller Erwartung.

»Ich habe es nicht selbst gesehen, aber es hat sich in etwa so zugetragen, dass Jessica Canning und Edward Dawson, er war um die zwei Jahre alt, am Steg zum See ein Picknick hatten, im Mai oder Juni. Jessica, sie litt im Frühling unter Heuschnupfen, musste ständig niesen. Als sie einen erneuten Niesanfall hatte, bemerkte sie nicht, dass Edward nach hinten vom Steg in das kalte Wasser plumpste. Wie man das übersehen kann, ist mir ehrlich gesagt ein Rätsel. Wie lange er unter Wasser war, kann ich nicht sagen. Angeblich hatte Lady Dawson, sie kehrte kurz vor dem Unglück wieder in Dawson Hall ein, das Unglück gesehen und brüllte wie verrückt zu Jessica Canning, doch sie konnte sie nicht hören. Am Ende bemerkte Jessica was geschehen war und hob Edward aus dem Wasser. Ob er bei Bewusstsein war oder nicht, ist mir nicht bekannt.«

Mrs. Millstone fügte hinzu, dass es für einen niesenden Menschen normal wäre, sich wegzudrehen, auch das Gehör sei dadurch eingeschränkt.

»Nun schließt sich der Kreis. Kennen Sie den aktuellen Aufenthaltsort von Mrs. Canning?«

»Zufälligerweise ist mir dieser seit dem Ableben von Elster Canning bekannt Inspector, sie meldete sich per Brief. Als Elster erwachsen war, zog Jessica weg. Es gab enorme Streitereien. Elster, sie war eine eigenartige Erscheinung der Natur. Irgendwie jagte sie mir manchmal Angst ein. Ihr Blick war, zumindest zeitweilig, kalt und leer. Auch ihrer Mutter gegenüber verbesserte sich die Beziehung in keiner Weise. Es ergab sich, dass sie eine Stelle in Andover annahm, allerdings können sie Jessica selbst befragen. Sie besucht mich heute, sollte schon längst angekommen sein, sie wollte mich vor zwei Stunden besuchen, zum Tee.«

»Tatsächlich, was Sie nicht sagen. Ich nehme an, Miss Canning würde Dawson Hall queren, um Lake House zu erreichen, nicht wahr?«

»Ja, das wäre, da sie mit Sicherheit mit dem Bus kommt, der beste Weg Inspector.«, überlegte Mrs. Westerly.

»Ich ahne Schreckliches!«, mahnte Mrs. Millstone.

»Ich teile ihre Sorge, kontaktieren Sie Scotland Yard, verlangen Sie nach Constable Ashford und erklären Sie ihm die Lage. Ich gehe rüber nach Dawson Hall, hoffentlich ist es nicht zu spät.«

Inspector Braunington hastete wie von wilden Hunden gejagt über die Wege und Wiesen in Richtung Dawson Hall. Vom Gärtner beobachtet, sprang er über Blumenbeete und Büsche bis er schlussendlich das Haus erreichte und durch die offene Tür, der dem See zugeneigten Seite, eindrang.

Vorsichtig schlich er durch die Räumlichkeiten, als er von Mrs. Broder entdeckt wurde. Mit großen Augen betrachtete sie das zerzauste Aussehen des Inspectors und richtete sogleich schroff das Wort an ihn: »Was suchen Sie hier? Lady Dawson hat Ihnen doch deutlich klargemacht, dass …«

»Ruhe! Wo ist Lady Dawson und Miss Canning? Sie haben exakt zwei Sekunden es mir zu sagen, bevor ich Sie in eine Zelle sperren lasse!«, ergriff Braunington lautstark das Wort. Sein drohendes Auftreten ließ Mrs. Broder keine Wahl und sie zeigte unterwürfig in Richtung Salon. Braunington lief in vollem Schritt und öffnete wuchtig die Salontür. Im Raum war es still. Lady Dawson stand mit dem Rücken zu ihm, drehte gemächlich, zitternd ihren Kopf, blickte mit Tränen in den Augen zu Braunington, ein sanftes Lächeln zeichnete sich langsam in ihr gequältes Gesicht.

»Lady Dawson, was ist passiert?«

»Er hat nun seine Ruhe gefunden, am Ende hat er seine Ruhe gefunden, ist das nicht erfreulich? Ich war es ihm schuldig. Wir alle waren es ihm schuldig.«

Lady Dawson drehte ihren Oberkörper zögernd in Richtung der Salontür, während sich Inspector Braunington weiter in die Raummitte vorwagte. Die Stimmung war sensibel gespannt als Braunington ein großes, von Blut verschmiertes Küchenmesser in der Hand von Lady Dawson erblickte – das Blut begann bereits etwas einzutrocknen.

»Sie verstehen nun Inspector? Ich habe es beendet. Ich musste doch … sie war unachtsam, hat nicht achtgegeben, sie hat einfach nicht aufgepasst. Er war ganz nass, sein kleines Gesicht, regungslos lag er da. Sie stand nur daneben und wimmerte, ich habe ihn wiederbelebt. Sie hat nichts getan, sie stand nur da, stillschweigend, sich ihrer Tat bewusst. Nun liegt sie da, keiner kann ihr helfen, auch Sie nicht, Sie auch nicht. Niemand wird dich wiederbeleben du nutzloses Stück totes, verdorbenes Fleisch.«

Von einem Augenblick auf den anderen begann Lady Dawson dezent zu kichern, hämisch, teuflisch. Kurz darauf summte sie ruhig und leise eine Melodie und wippte sanft kreisend dazu mit dem Kopf.

Braunington ließ Lady Dawson, besonders das Messer nicht aus den Augen, tappte langsam weiter vor und sah eine Frau mit durchschnittener Kehle, sowie mehreren Einstichen verteilt am ganzen Körper, in einer enormen Blutlache am Boden liegend. Das viele Blut bedeckte beinahe den gesamten kleinen, runden Teppich, welcher sich im mittleren Bereich des Raumes befand.

»Ist das Jessica Canning?«

»Ja, Sie kennen sie? Natürlich ist sie es. Ich habe lange zugesehen, wie der letzte Atemzug ihren Körper verließ, das Blut aus ihr herausströmte, das Zucken aufhörte. Sie hat nicht geschrien, kein Laut kam über ihre Lippen, es wäre auch nicht nötig gewesen diesen Moment mit hysterischem Geschrei zu zerstören. Lange habe ich zugesehen. Das Leben schlich aus ihrem Körper, gemächlich, ruhig und doch beharrlich. Es ist gut. Nun ist es gut.«

Mrs. Broder stand an der Schwelle zum Salon, mit Schrecken erfüllt, die zittrige Hand vor dem Mund haltend. Inspector Braunington gab ihr mit einem geschickten Handzeichen zu verstehen, zu gehen und die Tür zu schließen.

»Lady Dawson, ich denke, es wurde alles gesagt. Ich meine, es hat sich wie letztens von mir geschildert zugetragen, nicht wahr?«

»Ja, Sie haben es erfasst, im Großen und Ganzen haben Sie es wahrheitsgemäß, vielleicht zu theatralisch, dargeboten. Hier, nehmen Sie das Messer, Sie werden feststellen, dass es die gesuchte Mordwaffe zum Fall Elster Canning ist.«

Vorsichtig nahm Braunington die Tatwaffe mit einem Taschentuch entgegen und legte diese außer Reichweite. Er stutzte über die

Verfassung von Lady Dawson. Sie wirkte einerseits gefasst und kühl, dann wieder sensibel, aber im Gesamten betrachtet, sehr verwirrt und unberechenbar. Ihre Augenlider zuckten unkontrolliert, sie hechelte unregelmäßig und wandte ihren Blick nicht von der blutüberströmten Leiche ab, wobei sie ab und zu mit dem Fuß leicht an den toten Körper tippte.

»Möchten wir uns setzen Lady Dawson? Ich denke, wir können auch sitzend noch …«

»Gewiss, wir können auch sitzend die Leiche begutachten, wenn Sie das meinen. Ich habe erwartet, dass sie schreit, es wirkt unvollkommen, finden sie nicht?«

»Nicht unbedingt, es könnte sein, dass anhand der tiefen Wunde …«

»Möchten Sie etwas Tee Inspector? Mrs. Broder bringt Ihnen gerne einen. Sie ist schon sehr lange bei mir tätig, sehr zuverlässig und vertrauenswürdig.«

»Danke, ich hatte zuvor schon einen vorzüglichen Tee getrunken.«

»Es wirkt unvollendet, sie hat nicht geschrien, ich hoffte doch so sehr, dass sie schreit, man sollte sie schreien hören.«

»Stumme Schreie sind die lautesten, Lady Dawson.«

»Oh, das wusste ich nicht, vorzüglich, ja, ich vermochte einen stummen Schrei vernommen zu haben. Ist es am Ende doch vollbracht? Man hat Miss Bryne gehängt, nicht wahr? Ich meine, es gehört zu haben. Sie hat es verdient, der Gedanke daran erfüllt mich mit Wohlbefinden. Es ist geradezu berauschend, nicht wahr? Was werden Sie nun tun Inspector?«

»Ich warte hier mit Ihnen auf meine Kollegen, Sie verstehen?«

»Natürlich, wie konnte ich das nur verdrängen. Apropos, nächste Woche beabsichtigen wir eine Dinnerparty zu veranstalten, Edward wird am Flügel spielen und Sir Dawson trägt Gedichte vor, wunderschöne Liebesverse, er hat sie für mich verfasst, nur für mich. Es würde mich erbauen, wenn Sie unser Gast sein könnten.«

»Das wäre zauberhaft, ja, vielleicht könnten wir sogar um den See spazieren und ...«

»Er konnte mich anfangs nicht ..., ich muss mit meinem Mann noch wegen der Ausbildung Edwards sprechen, er ist so ein intelligenter Junge. Haben Sie Kinder?«

»Ich habe ...«

»Ein Gemüsebeet, das wollte ich anlegen, ein Gemüsebeet. Natürlich, gesundes Essen für Edward, es ist unerlässlich für die Entwicklung des Jungen.«

Die Zeit verstrich, Lady Dawson wandelte kreuz und quer mit ihren Worten in der Erinnerung an alte, glückliche Tage. Damals, als alles noch perfekt war und Edward freudestrahlend über die Wiese lief. Die wirre Erzählung stoppte, als Constable Ashford den Salon betrat, mit einigen weiteren Beamten des Yard, sowie Dr. Cohl und Cown, der sogleich die Spuren sicherte. Sie blickte um sich, konnte die Lage, in der sie sich befand nicht mehr einordnen und begann über Kerzen und Handarbeit zu reden.

»Sie wissen was zu tun ist, Ashford? Sergeant, bitte begleiten Sie Lady Dawson in den Yard, sie muss unbedingt unter Aufsicht bleiben, Sie verstehen.«

Der Sergeant nahm Lady Dawson sanft am Arm und brachte sie zum Polizeiwagen. Dr. Cohl warf noch ein, dass ein Psychologe darüber hinaus mehr als angemessen wäre.«

Ashford übernahm die weiteren Schritte am Tatort und übergab Cown und Dr. Cohl den Salon, um für das Protokoll die Spuren zu sichern. Braunington begab sich zum See um das eben passierte zu verarbeiten, als er auf einer kleinen Holzbank Mrs. Millstone erspähte, die in die Ferne blickte.

»Das war es nun Mr. Millstone, wir waren leider zu spät. Lady Dawson hatte Mrs. Canning etwa eine Stunde vor unserem Eintreffen ermordet.«

»Ein Jammer Inspector, wie furchtbar, wie tragisch. Was passiert nun mit Lady Dawson?«

»Sanatorium für Geisteskranke oder der Strick. Der Strick ist wahrscheinlicher. Vor einer Woche wäre es noch das Sanatorium gewesen, aber nun, ich denke, dass das Gericht die Brutalität gewichtet und so den Strick bevorzugt. Sie hätten sie eben sehen müssen, sie hat komplett den Verstand verloren.«

»Arme Lady, ich möchte nicht wissen, was sich in ihrem Kopf zugetragen haben muss, welche Qualen sie durchlitten hat, um am Ende als mehrfache Mörderin zu enden.«

»Da haben Sie recht Mrs. Millstone. Was für ein Fall, kurz, aber nicht schmerzlos. Etwas viel für die wenigen Tage.«

»Wem sagen Sie das Inspector! Ich hätte mir auch eine etwas ruhigere Stellung erhofft. Wobei, mich beschäftigt noch eine Sache, vielleicht können Sie mir dabei behilflich sein: Nachdem Lady Dawson Elster Canning brutal erstochen hatte, wie konnte sie, ohne Aufsehen zu erregen, das Haus verlassen? Sie musste doch markante Blutspitzer auf ihrem Kleid haben.«

»Da können wir nur mutmaßen. Sie hatte mit Sicherheit einen Mantel an, darunter das tiefschwarze Kleid, welches Blutspritzer recht gut kaschierte. Wir hatten in dieser Richtung einen Kutscher befragt, er konnte sich allerdings nicht mehr an die Kleidung erinnern. Dass er eine Dame von besagter Gegend abholte konnte er beschwören, doch ob es sich dabei um Lady Dawson handelte, konnte er nicht bestätigen. Es könnte auch ein Zufall gewesen sein, denn der Kutscher fuhr den Fahrgast auf dessen Wunsch eine gute Stunde wahllos durch die Straßen und setzte diesen in der Nähe von Dawson Hall ab. Eine beruhigende Kutschenfahrt nach einem Mord, klingt doch interessant, nicht wahr? Unsere Wege trennen sich wohl nun Mrs. Millstone, ich danke für ihre Aufgeschlossenheit und ihren inspirierenden Scharfsinn. Werden Sie wieder eine Stellung annehmen?«

»Ja, ich denke schon, ich habe bereits ein Angebot erhalten, wir werden sehen was passiert.«

»Ich wünsche Ihnen alles erdenklich Gute, ich muss wieder zurück zum Tatort.«

»Ach Inspector, eines noch: Warum tragen Sie ständig diese roten Schuhe? Auch Ihr Gehstock hat diese markante, ungewöhnliche Farbe, wie kommt das?«

»Sie waren ein Geschenk, ich löste einen sehr delikaten Fall in London, Westminster. Die Schuhe und den Stock bekam ich unter anderem als Wertschätzung für die Auflösung des Falls und Diskretion meiner damaligen Vorgehensweise.«

»Klingt interessant, Westminster, darf man fragen, um welchen Fall es sich dabei handelte?«

»Ein anderes Mal vielleicht, ein anderes Mal.«

Mrs. Millstone verabschiedete sich und ging zurück zum Lake House. Sie fieberte einem Tratsch mit Mrs. Westerly über den Vorfall ungeduldig entgegen. Inspector Braunington gesellte sich zu seinen Kollegen im Anwesen der ehemaligen Dawsons.

»Ashford, veranlassen Sie, dass sich sämtliche Bediensteten in der Eingangshalle versammeln, ich habe die Verhaftung von Lady Dawson sowie den Tod von Jessica Canning zu verkünden. Ach, zuvor Mrs. Broder ins Musikzimmer, mit ihr habe ich noch ein Verhör zu führen.«

»Denken Sie, dass Mrs. Broder beteiligt war?«

»Nein, sie war nur zu verschwiegen, zu getreu ihrer Herrschaft gegenüber, das werde ich ihr nun klarmachen und darauf hinweisen, dass ihre Loyalität auch hätte schiefgehen können, ihre eigene Person betreffend. Die Sache mit Mrs. Canning hätte verdammt noch mal nicht geschehen müssen.«

Braunington verweilte noch wenige Momente in der Eingangshalle, seinen Gehstock am Marmorboden klopfend spannte er ein Gedankennetz über den Fall. Wie wäre es ausgegangen, hätte es sich um keine Lady gehandelt? Die Zurückhaltung, der Einfluss des Adels, die bis zu Letzt missbrauchte Unantastbarkeit wurde schon zu vielen zum Verhängnis. Ihm war klar, dass dies nicht der letzte schwierige Fall im Hause der Aristokratie bleiben würde. Erneut würde sich eine schreckliche Bluttat ereignen, doch das war seine Berufung, standhaft zu bleiben und keine Einschüchterung hinzunehmen. Mit einem Seufzer begab sich Detective Inspector Braunington in das Musikzimmer, um die Ermittlungen im Fall Dawson Hall abzuschließen.